A LINHA DE SOMBRA
UMA CONFISSÃO

JOSEPH CONRAD
A LINHA DE SOMBRA
UMA CONFISSÃO

Maria Luiza X. de A. Borges
TRADUÇÃO

Miguel Sanches Neto
PREFÁCIO

1ª EDIÇÃO

EDITORA
NOVA
FRONTEIRA

Título original: *The Shadow-Line: A Confession*

© direitos de tradução reservados à Editora Nova Fronteira Participações S.A.

Direitos de edição da obra em língua portuguesa no Brasil adquiridos pela EDITORA NOVA FRONTEIRA PARTICIPAÇÕES S.A. Todos os direitos reservados. Nenhuma parte desta obra pode ser apropriada e estocada em sistema de banco de dados ou processo similar, em qualquer forma ou meio, seja eletrônico, de fotocópia, gravação etc., sem a permissão do detentor do copirraite.

EDITORA NOVA FRONTEIRA PARTICIPAÇÕES S.A.
Rua Candelária, 60 — 7.º andar — Centro — 20091-020
Rio de Janeiro — RJ — Brasil
Tel.: (21) 3882-8200

Imagens de capa: (Frente) Henry Scott Tuke, *The Look Out*. 1886, O.S.T., Royal Cornwall Polytechnic Society. (Quarta capa) Fitz Henry lane, *Harbor of Boston*. 1846-1847, Cleveland Museum of Art.

Dados Internacionais de Catalogação na Publicação (CIP)

C754l   Conrad, Joseph

       A linha de sombra: uma confissão/ Joseph Conrad; tradução de Maria Luiza X. de A. Borges; prefácio de Miguel Sanches Neto. – 1. ed. – Rio de Janeiro: Nova Fronteira, 2023.
       160 p; 15,5 x 23 cm

       Título original: *The Shadow-Line: A Confession*
       ISBN: 978-65-5640-659-6

       1. Literatura inglesa. I. Borges, Maria Luiza X. de A. II. Título.

       CDD: 823
       CDU: 821.111

André Queiroz – CRB-4/2242

CONHEÇA OUTROS
LIVROS DA EDITORA:

Dignos de meu imorredouro respeito.

A Boris e a todos os outros que,
como ele, transpuseram na tenra juventude
a linha de sombra de sua geração, com amor.

— *D'autre fois, calme plat, grand miroir De mon desespoir.*[1]
— BAUDELAIRE

---

1 Em francês no original. Na tradução de Ivan Junqueira: "Ou então, mar calmo, espelho austero/ De meu desespero!" (N.E.)

SUMÁRIO

Prefácio	11
Parte Um	15
1	17
2	49
3	68
Parte Dois	93
4	95
5	111
6	132
Sobre o autor	157

PREFÁCIO

Um comando mal-assombrado

Chama a atenção no título deste primoroso romance a sua segunda parte: uma confissão. O narrador em primeira pessoa antes confessa o medo que passou em um início de vida como marinheiro do que narra propriamente uma história, e esta confissão fica materializada pela transcrição de trechos de seus diários do período, que para ele eram "uma necessidade pessoal de alívio íntimo e não de um apelo do egotismo." Escrevia para não falar sozinho, para ter o conforto de uma companhia quando se via praticamente em meio a humanos transformados em fantasmas, em um continente estrangeiro e em uma função nova.

A palavra "sombra" do título está relacionada a esse medo, à opressão de um magnetismo diabólico do antigo capitão do navio, que o jovem substitui por acaso e por dever moral. O romance é a história de uma travessia pessoal: vencer o medo da morte. E também de uma travessia profissional: mostrar-se capaz de tirar o navio do porto de Bangkok, quando a tripulação é acometida por uma doença tropical que pode dizimá-la. Ele tem que se afastar, mas, por falta de vento e com a tripulação adoecida, o veleiro não consegue sair da latitude paralisante, que é a mesma em que fora enterrado o capitão anterior, morto depois de uma crise de loucura, e que se torna o patrono daquela tragédia. Toda crise interior é paralisante, o que cria uma conexão com a viagem que não se efetiva.

Tido como um estudo sobre a passagem da juventude para a maturidade, a história mostra a força de homens frágeis, que enfrentam tanto as intempéries como as doenças e as tormentas místicas. Com quase nenhuma tripulação, nas piores condições de viagem, e em seu primeiro posto, o narrador deve cruzar esta linha de sombra usando toda a sua pulsão vital.

A viagem se frustra e ele faz um pequeno trajeto em vinte e um dias, levando o navio até outro porto, percurso que poderia ser feito em muito menos tempo. Este período no mar é suficiente para envelhecer o rapaz: "Sinto-me velho. E devo estar. Todos vocês em terra parecem-me simplesmente um bando de jovens irrequietos que nunca tiveram uma preocupação no mundo." Esta passagem de uma idade a outra em apenas vinte e um dias se dá pela incerteza mística das experiências e pela persistência nas situações mais adversas.

Para vencer a doença adquirida no porto, ele se lança urgentemente no mar, único espaço confiável; mas o mar também é impiedoso, o que une uns poucos marinheiros em conflito na condução do navio, sempre à sombra do capitão maldito que ainda domina o veleiro, pilotado contra a natureza, a doença e a tormenta psicológica.

O narrador tem que aprender tudo rapidamente e confessa seus temores, mas continua a viagem, agora como outro homem.

Escrito com grande conhecimento da matéria, pois Conrad atuara na navegação, o livro também mostra como o europeu, que se vê como força civilizatória, está subordinado à sua condição de elemento débil, sujeito não só a doenças tropicais como também a uma solidão atormentada. Vemos apenas os homens brancos, suas disputas, suas superações, enquanto a paisagem local aparece de forma tímida, em algumas descrições. Esses profissionais do mar, que fazem o comércio a partir da Europa, se colocam em situações de loucura e heroísmo, em uma aventura que parece esvaziada de sentido.

Antes de tudo, o humano vence o sobrenatural, que é um componente contínuo da luta travada contra intercorrências apontadas como demoníacas. O narrador está prestes a perecer em um navio em que todos talvez sejam encontrados mortos, mas leva adiante "este horrível, este mal-assombrado comando", como anota em seu diário.

Não faz isso em nome da família, pois não a referencia, nem em nome da amizade da tripulação, pois acabara de conhecê-la, nem em gratidão a um patrão, pois fora contratado por intermediários e de forma um tanto desdenhosa. O que o move é sua condição de marinheiro, que o coloca em pé por dias e noites para não deixar que o navio se transforme em um sepulcro flutuante. "O mar era agora o único remédio para todos os meus males", diz no início da jornada. No final, ele se mostra muito mais do que isso. O mar é a medida de todas as coisas.

Ao ocupar o lugar do capitão louco, o narrador herda uma luta, tanto interior quanto exterior, que não é apenas a do seu antecessor, mas de todo ser humano que se entrega ao desafio de mostrar o que melhor se pode fazer apenas para cumprir um destino que está acima de qualquer indivíduo. A travessia é a chegada à velhice, é a vitória sobre a morte, experiência cotidiana de cada ser vivo, vista aqui em um episódio de grande intensidade.

Miguel Sanches Neto[1]

---

1 Escritor, crítico literário e professor.

PARTE UM

1

Só os jovens têm desses momentos. Não me refiro aos muito jovens. Não. Os muito jovens não têm, propriamente falando, nenhum momento. É o privilégio da tenra juventude viver à frente de seus dias em toda a bela continuidade de uma esperança que não conhece pausas nem introspecção.

Fechamos atrás de nós o pequeno portão da mera meninice — e entramos num jardim encantado. Até suas sombras brilham com promessas. Cada curva do caminho tem sua sedução. E não é por se tratar de uma região não descoberta. Sabemos muito bem que toda a humanidade tinha passado por esse caminho. É o encanto da experiência universal da qual esperamos uma sensação incomum ou pessoal — um pedaço de nós.

Prosseguimos reconhecendo os marcos dos predecessores, excitados, divertidos, aceitando ao mesmo tempo a má e a boa sorte — o ônus e o bônus, como diz o provérbio —, o pitoresco destino comum que encerra tantas possibilidades para os merecedores ou talvez para os afortunados. Sim. Prosseguimos. E o tempo também prossegue — até que percebemos à nossa frente uma linha de sombra advertindo que a região da tenra juventude, também ela, deve ser deixada para trás.

Esse é o período da vida em que tais momentos de que falei têm probabilidade de ocorrer. Que momentos? Ora, os momentos de tédio, de cansaço, de insatisfação. Momentos temerários. Isto é, momentos em que os ainda jovens são propensos a cometer ações temerárias, como casar-se de repente ou abandonar um emprego sem nenhum motivo.

Esta não é uma história de casamento. Não foi tão ruim assim comigo. Minha ação, por temerária que tenha sido, teve mais o caráter de divórcio — quase de deserção. Sem nenhuma razão que uma pessoa sensata poderia apontar, abandonei meu emprego — larguei meu beliche — deixei o navio do qual o pior que se podia dizer era que era um barco a vapor e portanto, talvez, sem direito àquela lealdade cega que... No entanto, é inútil tentar mascarar o que na época eu mesmo suspeitei ser um capricho.

Foi num porto oriental. Ele era um navio oriental, uma vez que na época pertencia àquele porto. Fazia comércio entre ilhas escuras num mar azul marcado por corais, com a Insígnia Vermelha sobre o balaústre da popa e em seu cabeçalho uma bandeira do armador, também vermelha, mas com uma borda verde e, nela, uma lua crescente branca. Pois pertencia a um árabe, e ainda por cima alguém importante. Por isso a borda verde na bandeira. Ele era o chefe de uma poderosa Casa dos Estreitos Árabes, mas também o mais leal súdito do complexo Império Britânico que se poderia encontrar a leste do Canal de Suez. Política mundial não lhe interessava nem um pouco, mas ele tinha um grande poder oculto em meio ao seu povo.

Para nós em nada importava a quem pertencia o navio. Ele tinha de empregar homens brancos para cuidar da navegação, e muitos dos que empregava assim nunca o tinham visto do primeiro ao último dia. Eu mesmo só o vi uma única vez, muito por acaso, num cais — um homenzinho velho, moreno, cego de um olho, com um manto alvo e chinelas amarelas. Estava tendo sua mão repetidamente beijada por uma multidão de peregrinos malaios a quem prestara algum favor na forma de comida ou dinheiro. Suas esmolas, ouvi dizer, eram muito amplas, abrangendo quase todo o Arquipélago. Pois não se diz que "O homem caridoso é o amigo de Alá"?

Um excelente (e pitoresco) proprietário árabe, com o qual não era preciso se preocupar, um excelentíssimo navio escocês — pois ele era isso da quilha para cima —, um excelente barco, fácil de manter limpo, muito prático em todos os aspectos e, se não fosse por sua propulsão interna, digno do amor de qualquer homem. Eu acalento até hoje um profundo respeito por sua memória. Quanto ao tipo de comércio em que ele operava e o caráter de meus companheiros, eu não poderia ter sido mais feliz nem se tivesse tido a vida e os homens feitos segundo as minhas instruções por um Feiticeiro benevolente.

E de repente abandonei tudo isso. Deixei-o daquela maneira a nosso ver inconsequente pela qual uma ave sai voando de um galho confortável. Era como se, sem saber, eu tivesse ouvido um sussurro ou visto alguma coisa. Bem... talvez! Um dia eu estava perfeitamente bem e no dia seguinte tudo tinha desaparecido — encanto, sabor, interesse, contentamento... tudo. Foi um desses momentos, sabe? A náusea verde da mocidade tardia desceu sobre mim e me levou embora. Isto é, me levou embora daquele navio.

Éramos apenas quatro homens brancos a bordo, com uma grande tripulação de membros do povo kalash e dois suboficiais malaios. O capitão olhou bem para mim, como se tentasse adivinhar o que me afligia. Mas ele era um marinheiro, e também já tinha sido jovem uma vez. Logo um sorriso espreitou sob seu grosso bigode cinzento, e ele comentou que, sem dúvida, se eu achava que tinha de ir, não poderia me impedir à força. E foi combinado que eu devia ser pago na manhã seguinte. Quando eu estava saindo de seu camarote ele acrescentou, subitamente, num tom tristonho peculiar, que esperava que eu encontrasse o que estava tão ansioso por buscar. Uma declaração suave, enigmática, que pareceu chegar mais fundo do que qualquer ferramenta dura como diamante poderia chegar. Acredito de fato que ele compreendeu meu caso.

Mas o segundo maquinista me atacou de outra maneira. Ele era um jovem escocês robusto, de rosto liso e olhos claros. Seu honesto semblante vermelho emergiu da casa de máquinas e depois o homem inteiro, com as mangas da camisa enroladas, esfregando devagar os enormes antebraços com um trapo de algodão. E seus olhos claros expressavam amargo desgosto, como se nossa amizade tivesse se reduzido a cinzas. Ele disse, pesaroso: "Ah, sim! Eu vinha pensando que estava na hora de você fugir de casa e se casar com uma garota estúpida."

Havia um entendimento tácito no porto de que John Nieven era um misógino feroz; e o caráter absurdo do gracejo me convenceu de que ele pretendia ser desagradável — muito desagradável. Tinha pretendido dizer a coisa mais arrasadora em que pudera pensar. Minha risada soou depreciativa. Ninguém exceto um amigo poderia estar tão furioso. Fiquei um pouco desapontado. Nosso oficial de máquinas igualmente teve a opinião habitual sobre minha ação, mas num espírito mais bondoso.

Ele era jovem, também, mas muito magro, e com um borrifo de macia barba marrom em volta de todo o seu rosto abatido. No mar ou no porto, ele podia ser visto o dia todo andando apressado de um lado para outro da popa, exibindo uma expressão intensa, espiritualmente absorta, fruto de uma perpétua consciência de sensações físicas desagradáveis em sua economia interna. Pois era um dispéptico confirmado. Sua opinião sobre o meu caso foi muito simples. Disse que tudo não passava de um desarranjo do fígado. É claro! Sugeriu que eu ficasse por mais uma viagem e nesse meio--tempo me medicasse com um certo remédio vendido sem receita em que tinha crença absoluta. "Vou lhe dizer o que vou fazer. Vou lhe comprar dois frascos, do meu bolso. Pronto. Não poderia ser melhor do que isto, não é?"

Acredito que ele teria perpetrado essa atrocidade (ou generosidade) ao menor sinal de fraqueza da minha parte. Dessa vez, contudo, eu estava mais descontente, enojado e fui mais obstinado que nunca. Os dezoito meses anteriores, tão cheios de experiências novas e variadas, pareciam um monótono, prosaico desperdício de dias. Eu sentia — como devo expressar isso? — que não havia nenhuma verdade a ser extraída deles.

Que verdade? Eu teria tido muita dificuldade para explicar. É provável que, se pressionado, eu tivesse irrompido em pranto, simplesmente. Era jovem o bastante para isso.

No dia seguinte o capitão e eu fizemos nosso acerto na Capitania dos Portos. Era uma sala fria, branca e grande, onde a luz filtrada do dia brilhava serenamente. Todas as pessoas nela — os oficiais, o público — estavam de branco. Só as pesadas escrivaninhas polidas brilhavam sombriamente num corredor central, e alguns papéis pousados nelas eram azuis. Do alto, enormes *punkahs*[1] sopravam uma brisa suave através daquele interior imaculado e sobre nossas cabeças suadas.

---

1 Termo indiano que designa um tipo antigo de leque feito de folha de palmeira ou de lona esticada que ficava pendurado no teto ou apoiado em um móvel e era movido manualmente. (N.E.)

O oficial atrás da escrivaninha de que nos aproximamos abriu um sorriso amável e o manteve até que, em resposta à sua pergunta rotineira, "Desembarque e novo embarque?", meu capitão respondeu: "Não! Desembarque definitivo." E então seu sorriso desapareceu em súbita solenidade. Ele não olhou para mim novamente até entregar meus papéis com uma expressão triste, como se eles fossem meu passaporte para Hades.

Enquanto eu os guardava, ele murmurou algumas perguntas para o capitão e ouvi este último responder de bom humor:

— Não. Ele está nos deixando para ir para casa.

— Oh! — exclamou o outro, concordando pesarosamente quanto à minha triste condição.

Eu não o conhecia fora do prédio oficial, mas ele se inclinou sobre a mesa para apertar minha mão, solidariamente, como faríamos com algum pobre diabo que estivesse prestes a ser enforcado; e receio ter desempenhado minha parte de maneira descortês, com as maneiras endurecidas de um criminoso impenitente.

Nenhum paquete com destino à pátria estava programado para os três ou quatro dias seguintes. Sendo agora um homem sem navio, e tendo por algum tempo rompido minha conexão com o mar — tornando-me, de fato, um passageiro potencial — teria sido mais apropriado, talvez, que eu tivesse ido me hospedar num hotel. E havia um, de fato, a um arremesso de pedra da Capitania dos Portos, baixo, mas algo palaciano, exibindo seus pavilhões brancos, guarnecidos de pilastras, cercados por gramados bem aparados. Eu teria realmente me sentido um passageiro ali! Lancei-lhe um olhar hostil e dirigi meus passos para a Casa dos Oficiais e Marinheiros.

Caminhei sob o sol sem lhe dar atenção e à sombra das grandes árvores na esplanada sem apreciá-la. O calor do Oriente tropical descia pelos galhos frondosos, envolvendo meu corpo levemente vestido, grudando em meu descontentamento rebelde, como se para roubá-lo de sua liberdade.

A Casa dos Oficiais era um vasto bangalô com uma varanda larga e um jardinzinho de aspecto curiosamente suburbano de arbustos e algumas árvores entre ele e a rua. Essa instituição partilhava de certa forma o caráter de um clube residencial, mas com um sabor ligeiramente governamental, porque era administrada pela Capitania dos Portos. Seu gerente era oficialmente denominado administrador chefe. Era um homenzinho infeliz, enrugado, que caso vestisse roupas de jóquei teria parecido um sem tirar nem pôr. Mas era óbvio que em um momento ou outro de sua vida, em uma posição ou outra, ele estivera conectado com o mar. Possivelmente na abarcante posição de um fracassado.

Eu teria pensado que seu emprego era muito fácil, mas ele costumava afirmar, por uma razão ou outra, que seu trabalho iria acabar por matá-lo algum dia. Isso era bastante misterioso. Talvez tudo fosse naturalmente difícil demais para ele. Ele sem dúvida parecia detestar ter pessoas na casa.

Ao chegar, pensei que ele devia estar se sentindo satisfeito. O lugar estava silencioso como um túmulo. Não pude ver ninguém nas salas de estar; e a varanda também estava vazia, exceto por um homem no outro extremo, cochilando de costas numa espreguiçadeira. Ao som de meus passos ele abriu uns olhos horríveis como os de um peixe. Eu não o conhecia. Afastei-me de lá e, cruzando a sala de jantar — um aposento muito simples com um *punkah* imóvel pendurado sobre a mesa de centro —, bati numa porta em que se lia em letras pretas "Administrador chefe".

A resposta à minha batida foi um lamento irritado e lúgubre: "Oh, Deus! Oh, Deus! O que é agora?" Entrei de imediato.

Era uma sala estranha para se encontrar nos trópicos. O crepúsculo e o abafamento reinavam ali dentro. O sujeito tinha pendurado sobre suas janelas cortinas de renda baratas exageradamente amplas e empoeiradas, que estavam cerradas. Pilhas de caixas de papelão, como as que as chapeleiras e as costureiras usam na Europa, atravancavam os cantos; e de alguma maneira ele tinha conseguido para si o tipo de mobília que poderia ter saído de um salão respeitável no East End de Londres — um sofá de crina, poltronas do mesmo material. Entrevi protetores de encosto encardidos sobre aqueles horríveis estofados, o que era espantoso, visto não ser possível adivinhar que misterioso acidente, necessidade ou fantasia os juntara ali. Seu dono tinha tirado sua túnica e, vestindo calças brancas e uma camiseta fina de mangas curtas, rondava atrás dos espaldares das cadeiras afagando seus magros cotovelos.

Uma exclamação de pesar escapou-lhe quando ouviu que eu viera para uma estada; não pôde negar, porém, que havia muitos quartos vagos.

— Muito bem. Pode me dar aquele que ocupei antes?

Ele emitiu um fraco gemido de detrás de uma pilha de caixas de papelão sobre uma mesa que poderiam ter contido luvas ou lenços ou gravatas. Perguntei a mim mesmo o que o sujeito guardava nelas. Havia um cheiro de coral em putrefação, ou poeira oriental ou espécimens zoológicos naquele seu antro. Eu só podia ver o topo de sua cabeça e seus olhos infelizes que me fitavam sobre a barreira.

— É só por uns dois dias — eu disse, com intenção de animá-lo.

— Talvez o senhor queira pagar adiantado? — ele sugeriu avidamente.

— Com certeza não! — exclamei assim que pude falar. — Nunca ouvi tal coisa! Esse é o mais infernal atrevimento...

Ele tinha segurado a cabeça em ambas as mãos — um gesto de desespero que conteve minha indignação.

— Oh, Deus! Oh, Deus! Não se enfureça assim. Estou pedindo para todos.

— Não acredito nisso — respondi asperamente.

— Bem, vou fazer isso. E, se todos os senhores concordassem em pagar adiantado, eu poderia fazer o Hamilton pagar também. Ele está sempre desembarcando sem um tostão, e mesmo quando tem algum dinheiro não quer pagar suas contas. Não sei o que fazer com ele. Ele me xinga e diz que não posso jogar um homem branco na rua aqui. De modo que, se o senhor pelo menos pudesse...

Fiquei pasmo. Incrédulo também. Suspeitei o sujeito de impertinência gratuita. Disse-lhe com ênfase acentuada que pagamento adiantado só depois que ele e Hamilton fossem enforcados, e pedi-lhe para me levar ao meu quarto sem mais disparates. Ele tirou então uma chave de algum lugar e conduziu-me para fora de seu antro, lançando-me um maldoso olhar de esguelha ao passar.

— Alguém que eu conheça está hospedado aqui? — perguntei-lhe antes que ele saísse de meu quarto.

Ele tinha recobrado seu tom de voz magoado e impaciente de costume, e disse que o capitão Giles estava lá, de volta de uma viagem pelo mar de Solo. Dois outros hóspedes estavam lá também. Ele fez uma pausa. E, é claro, Hamilton, acrescentou.

— Oh, sim! Hamilton — eu disse, e a miserável criatura retirou-se com um gemido final.

Seu cinismo ainda me irritava quando cheguei ao refeitório na hora do almoço. Ele estava lá a serviço, supervisionando os criados chineses. O almoço foi servido numa ponta da mesa comprida, e o *punkah* agitava preguiçosamente o ar quente — na sua maior parte, sobre uma extensão nua de madeira polida.

Éramos quatro à mesa. O estranho que cochilava na cadeira era um deles. Agora ambos os seus olhos estavam parcialmente abertos, mas não pareciam estar enxergando coisa alguma. A digna pessoa ao seu lado, com curtas suíças laterais e um queixo cuidadosamente escanhoado, era, é claro, Hamilton. Nunca vi ninguém tão cheio de dignidade para a estação da vida em que a Providência houvera por bem colocá-lo. Tinham me dito que ele me considerava um forasteiro malcheiroso. Ele ergueu não apenas seus olhos, mas suas sobrancelhas também, ao som que fiz ao puxar minha cadeira para trás.

O capitão Giles estava na cabeceira da mesa. Troquei algumas palavras de saudação com ele e sentei à sua esquerda. Corpulento e pálido, com o grande domo lustroso de uma testa calva e olhos castanhos proeminentes, ele poderia ter se passado por qualquer coisa, exceto por um marujo. Você não teria ficado surpreso ao ouvir que era arquiteto. Para mim (sei o quanto isso é absurdo) parecia um guardião de igreja. Tinha a aparência de um homem de quem se teria esperado conselhos sensatos, sentimentos morais, misturados talvez com uma ou duas platitudes de vez em quando, não por causa de um desejo de impressionar, mas por sincera convicção.

Embora muito conhecido e estimado no mundo naval, ele não tinha nenhum emprego regular. Não desejava um. Tinha sua própria posição peculiar. Era um especialista. Um especialista em — como direi? — em navegação intricada. Supunha-se que sabia mais sobre partes remotas e imperfeitamente mapeadas do Arquipélago que qualquer outro homem vivo. Seu cérebro devia ser um perfeito depósito de recifes, posições, referências, imagens de promontórios, formas de costas obscuras, aspectos de inúmeras ilhas, desertas ou não. Qualquer navio, por exemplo, numa viagem com destino a Palawan ou algum lugar naquela direção teria tido o capitão Giles a bordo, ou no comando temporário ou "para auxiliar o comandante". Dizia-se que, em razão desses serviços, ele recebia um adiantamento de uma próspera firma de proprietários chineses de navios a vapor. Além disso, ele estava sempre pronto para substituir qualquer homem que desejasse passar um período em terra. Não se tinha conhecimento de nenhum proprietário que fizesse objeção a um arranjo desse tipo. Pois parecia ser a opinião estabelecida no porto que o capitão Giles era tão bom quanto o melhor dos homens, ou mesmo um pouco melhor. Mas na opinião de Hamilton ele era um "intruso". Acredito que para Hamilton a generalização "forasteiro" abrangia todos nós; embora eu pensasse que ele estabelecia algumas distinções em sua mente.

Não tentei entabular conversa com o capitão Giles, que não tinha visto mais de duas vezes na minha vida. Mas, é claro, ele sabia quem eu era. Após algum tempo, inclinando sua grande cabeça lustrosa em minha direção, ele se dirigiu a mim em primeiro lugar de sua maneira amistosa. Supunha, por me ver ali, disse ele, que eu tinha vindo para a costa para uma licença de uns dois dias.

Era um homem de voz baixa. Respondi, em tom um pouco mais alto, dizendo que não, que eu tinha deixado o navio para sempre.

— Um homem livre por um tempinho. — Foi seu comentário.

— Suponho que posso me intitular assim... desde as onze horas — eu disse.

Hamilton tinha parado de comer ao som de nossas vozes. Ele pousou seu garfo e faca delicadamente, levantou-se e, murmurando alguma coisa sobre "esse calor infernal que acaba com nosso apetite", saiu da sala. Quase imediatamente, nós o ouvimos sair da casa descendo os degraus da varanda.

A propósito disso, o capitão Giles comentou tranquilamente que o sujeito sem dúvida tinha saído para ir atrás do meu antigo emprego. O administrador chefe, que estivera apoiado na parede, trouxe seu rosto de bode infeliz para mais perto da mesa e dirigiu-se a nós tristemente. Seu objetivo era aliviar-se de sua eterna queixa contra Hamilton. O homem o mantinha em apuros com a Capitania dos Portos por causa de suas dívidas. Ele desejava ardentemente que Hamilton conseguisse o meu emprego, embora, na verdade, qual seria ele? Substituição temporária, na melhor das hipóteses. Eu disse:

— Você não precisa se preocupar. Ele não vai conseguir meu emprego. Meu sucessor já está a bordo.

Ele ficou surpreso, e acredito que seu rosto descaiu um pouco com a notícia. O capitão Giles deu uma risadinha. Ele se levantou e foi até a varanda, deixando que os chineses lidassem com o estrangeiro deitado de costas. A última coisa que vi foi que eles tinham posto um prato com uma fatia de abacaxi diante dele e recuado para observar o que iria acontecer. Mas o experimento pareceu um fracasso. Ele ficou insensível.

O capitão Giles me contou em voz baixa que esse homem era um oficial do iate de algum rajá que viera ao nosso porto para entrar em doca seca. Ele devia ter estado "vendo a vida" na noite anterior, ele acrescentou, franzindo o nariz de uma maneira íntima, confidencial que me agradou enormemente. Pois o capitão Giles tinha prestígio. Atribuíam-lhe aventuras maravilhosas e alguma tragédia misteriosa em sua vida. E ninguém tinha uma só palavra a dizer contra ele. Ele continuou:

— Eu me lembro dele desembarcando aqui há alguns anos. Parece que foi ontem. Era um rapaz simpático. Oh! Esses rapazes simpáticos!

Não pude me impedir de rir alto. Ele pareceu surpreso, depois me acompanhou no riso.

— Não! Não! Eu não quis dizer isso — exclamou. — O que eu quis dizer foi que alguns deles amolecem muito depressa aqui.

Brincando, sugeri o calor brutal como a primeira causa. Mas o capitão Giles se revelou possuidor de uma filosofia mais profunda. As coisas eram facilitadas para homens brancos. Isso era certo. A dificuldade era seguir em frente mantendo-se branco, e alguns desses rapazes simpáticos não sabiam como. Ele me deu um olhar penetrante, e de uma maneira benevolente, como a de um tio gordo, perguntou-me à queima-roupa:

— Por que você jogou fora o seu emprego?

Enraiveci-me de repente: pois pode-se entender como essa pergunta era exasperante para um homem que não sabia respondê-la. Disse a mim mesmo que deveria calar a boca daquele moralista; e para ele ouvir, em voz alta, eu disse com desafiadora polidez:

— Por quê...? O senhor desaprova?

Ele ficou desconcertado demais para fazer mais do que murmurar confusamente:

— Eu!... De maneira geral... — E então desistiu. Mas retirou-se com elegância, sob a capa de um comentário muito engraçado de que ele, também, estava ficando mole e que aquela era sua hora de fazer uma pequena sesta, quando estava em terra. — Um péssimo hábito. Um péssimo hábito.

Havia uma simplicidade no homem que teria desarmado uma sensibilidade ainda mais juvenil que a minha. Assim, quando, no dia seguinte no almoço, ele inclinou sua cabeça para mim e disse que estivera com meu antigo capitão na noite anterior, acrescentando em voz baixa "Ele está muito pesaroso por você ter ido embora. Nunca teve um colega com quem se desse tão bem", eu lhe respondi sinceramente, sem nenhuma afetação, que certamente não tinha me sentido tão confortável em nenhum navio ou com nenhum comandante em todos os meus dias no mar.

— Bem... então — ele murmurou.

— O senhor não ouviu, capitão Giles, que pretendo ir para casa?

— Sim — ele confirmou com benevolência. — Ouvi esse tipo de coisa com tanta frequência antes.

— E daí? — exclamei. Pensei que ele era o homem mais maçante, sem imaginação que eu já conhecera. Não sei o que mais eu teria dito, mas o muito atrasado Hamilton entrou bem nesse momento e tomou seu assento habitual. Assim caí num murmúrio. — De qualquer forma, o senhor verá isso acontecer desta vez.

Hamilton, impecavelmente barbeado, fez ao capitão Giles um breve aceno de cabeça, mas não se dignou a levantar as sobrancelhas para mim; e quando falou foi apenas para dizer ao administrador chefe que a comida em seu prato não era adequada para ser posta diante de um cavalheiro. O indivíduo assim interpelado pareceu infeliz demais para gemer. Ele lançou seus olhos sobre o *punkah* e isso foi tudo.

O capitão Giles e eu nos levantamos da mesa e o estranho ao lado de Hamilton seguiu nosso exemplo, erguendo-se com dificuldade. Ele, pobre sujeito, não porque estivesse com fome, mas, acredito verdadeiramente, apenas para recobrar seu autorrespeito, tinha tentado pôr um pouco daquela comida indigna em sua boca. Contudo, depois de deixar cair seu garfo duas vezes e fracassar por completo, tinha sentado com um aspecto de intensa mortificação combinado com um medonho olhar vidrado. Tanto Giles quanto eu evitávamos olhar na sua direção à mesa.

Na varanda ele parou de súbito, de propósito, para nos dirigir ansiosamente um longo comentário que não consegui compreender completamente. Soou como uma horrível língua desconhecida. Mas quando o capitão Giles, após apenas um instante para reflexão, assegurou-lhe com amável afabilidade, "Sim, com certeza. Tem toda razão", ele pareceu de fato muito satisfeito e se afastou (de modo um tanto brusco, também) para correr atrás de uma espreguiçadeira distante.

— O que ele estava tentando dizer? — perguntei com repulsa.

— Não sei. Não devemos ser duros demais com as pessoas. Ele está se sentido um bocado infeliz, pode ter certeza; e amanhã vai se sentir ainda pior.

A julgar pela aparência do homem, isso parecia impossível. Perguntei-me que tipo de devassidão complicada o tinha reduzido àquela indescritível condição. A benevolência do capitão Giles era prejudicada por um curioso ar de complacência que me desagradava. Eu disse com uma risadinha:

— Bem, ele terá você para tomar conta dele.

O capitão fez um gesto de desdém, sentou-se e pegou um jornal. Fiz o mesmo. Os jornais eram velhos e desinteressantes, cheios principalmente com aborrecidas e estereotipadas descrições das celebrações do primeiro jubileu da rainha Vitória. Provavelmente teríamos sucumbido rapidamente a uma soneca vespertina se não fosse pela voz de Hamilton elevando-se no refeitório. Ele estava terminando de almoçar. As grandes portas duplas ficavam abertas permanentemente, e ele não poderia ter tido nenhuma ideia do quanto nossas cadeiras tinham sido colocadas perto do vão da porta. Ele foi ouvido respondendo num tom alto e arrogante algum comentário que o administrador chefe se aventurara a fazer.

— Não permitirei que me apressem para fazer nada. Eles ficarão satisfeitos o bastante por conseguir um cavalheiro, imagino. Não há nenhuma pressa.

Seguiu-se um ruidoso sussurro do administrador e depois Hamilton foi ouvido de novo com um desdém ainda mais intenso.

— O quê? Aquele jovem idiota que se acha uma grande coisa por ter sido imediato de Kent por tanto tempo? Ridículo!

Giles e eu nos entreolhamos. Como Kent era o nome de meu antigo comandante, o capitão Giles cochichou, "Ele está falando de você", o que me pareceu simples desperdício de fôlego. O administrador chefe deve ter mantido sua posição, qualquer que ela fosse, porque Hamilton foi ouvido de novo num tom mais orgulhoso, se possível, e também mais enfático:

— Bobagem, meu bom homem! Não se compete com um intruso fétido como aquele. Há tempo de sobra.

Então houve arrastar de cadeiras, passos na sala ao lado e reclamações lamuriantes do administrador, que estava seguindo Hamilton, chegando a acompanhá-lo até lá fora pela entrada principal.

— Esse é um tipo de homem muito insultante — comentou o capitão Giles. Desnecessariamente, pensei. — Muito insultante. Você não o ofendeu de alguma maneira, ofendeu?

— Nunca falei com ele na minha vida — respondi de mau humor. — Não consigo imaginar o que ele quer dizer por competir. Ele vem tentando ficar com o meu emprego desde que eu vim embora; e não conseguiu. Mas isso não é exatamente competição.

O capitão Giles balançou sua cabeçorra benevolente, pensativo.

— Ele não conseguiu — repetiu muito devagar. — Não, não e provavelmente também não vai conseguir nada com Kent. Kent está inconsolável porque você o deixou. Ele o qualifica como um bom marujo, também.

Joguei longe o jornal que ainda segurava. Sentei, dei um tapa na mesa com minha palma aberta. Eu queria saber por que o capitão ficava insistindo naquilo, um assunto meu, absolutamente privado. Era mesmo exasperador.

O capitão Giles me silenciou pela perfeita equanimidade de seu olhar. "Não há nada com que se aborrecer", ele murmurou sensatamente, com evidente desejo de aliviar a irritação infantil que despertara. E de fato ele era um homem de uma aparência tão inofensiva que tentei me explicar tanto quanto pude. Disse-lhe que não queria mais ouvir sobre o que eram águas passadas. Tinha sido muito bom enquanto durara, mas agora que tinha acabado eu preferia não falar sobre isso ou mesmo pensar sobre isso. Eu tinha tomado a decisão de ir para casa.

Ele ouviu toda a diatribe com a atitude particular de quem é todo ouvidos, como se estivesse tentando detectar uma nota falsa em algum lugar nela; depois, endireitou-se e pareceu refletir sagazmente sobre o assunto.

— Sim. Você me disse que pretendia ir para casa. Tem alguma coisa em vista lá?

Em vez de lhe dizer que isso não era da sua conta, eu disse taciturnamente:

— Que eu saiba, nada.

Eu tinha de fato considerado esse lado bastante confuso da situação que criara para mim mesmo ao abandonar de repente meu emprego muito satisfatório. E não estava muito satisfeito com isso. Quase lhe disse que o senso comum nada tinha a ver com minha ação, e que, portanto, ela não merecia o interesse que o capitão Giles parecia estar lhe dedicando. Mas agora ele estava tirando baforadas num curto cachimbo de madeira, e parecia tão ingênuo, obtuso e banal, que parecia dificilmente valer a pena desconcertá-lo com verdade ou sarcasmo.

Ele soprou uma nuvem de fumaça, depois me surpreendeu com um muito abrupto: "Você já pagou a sua passagem?"

Vencido pela descarada pertinácia de um homem com quem era muito difícil ser rude, respondi com exagerada brandura que ainda não o fizera. Achava que haveria bastante tempo para isso no dia seguinte.

Eu estava prestes a lhe virar as costas, resguardando minha privacidade dessas tentativas insensatas, sem objetivo, de pôr à prova de que estofo ela era feita, quando ele pousou seu cachimbo de uma maneira extremamente significativa, sabe, como se um momento crítico tivesse chegado, e inclinou-se de lado sobre a mesa que nos separava.

— Ah! Você ainda não pagou! — Ele baixou sua voz misteriosamente. — Bem, então eu acho que você deveria saber que há alguma coisa acontecendo aqui.

Nunca na minha vida tinha me sentido mais desligado de todas as coisas terrenas que estavam acontecendo. Liberado do mar por algum tempo, eu preservava a consciência que um marinheiro tem de completa independência de todos os assuntos terrenos. Como eles poderiam me dizer respeito? Fitei a animação do capitão Giles mais com desprezo do que com curiosidade.

À sua pergunta obviamente preparatória se nosso administrador tinha falado comigo naquele dia, respondi que não. E o que é mais, teria tido muito pouco incentivo se tivesse tentado fazê-lo. Eu não queria que o sujeito falasse comigo de jeito nenhum.

Sem se deixar dissuadir por minha petulância, o capitão Giles, com um ar de imensa sagacidade, começou a me contar uma minuciosa história sobre um ordenança da Capitania dos Portos. Ela era absolutamente irrelevante. Um ordenança fora visto andando naquela manhã na varanda com uma carta na mão. Era um envelope oficial. Como é hábito desse pessoal, ele o mostrara para o primeiro homem branco que encontrou. Esse homem era o nosso amigo da espreguiçadeira. Ele, como eu sabia, não estava em condições de se interessar por quaisquer assuntos sublunares. Pôde apenas mandar o ordenança embora. O homem então ficou vagando pela varanda e topou com o capitão Giles, que estava lá por um acaso extraordinário...

Nesse ponto ele parou com um olhar profundo. A carta, ele continuou, era dirigida ao administrador chefe. Ora, por que cargas-d'água o capitão Ellis, o capitão do porto, haveria de querer escrever ao administrador? Mesmo assim o sujeito foi todas as manhãs à Capitania dos Portos com seu relatório, para receber ordens ou sabe-se lá o quê. Ele não tinha voltado há mais de uma hora quando apareceu um estafeta procurando-o com um bilhete. Ora, para quê?

E ele começou a especular. Não era para isso — e não podia ser para aquilo. Quanto àquela outra coisa, ela era impensável.

A insensatez de tudo isso me deixou pasmo. Se o homem não fosse de certo modo uma personalidade simpática, eu teria me ressentido disso como de um insulto. Sendo as coisas como eram, apenas me condoí dele. Alguma coisa notavelmente sincera em seu olhar me impediu de rir na sua cara. Tampouco bocejei diante dele. Apenas fiquei olhando.

Seu tom ficou um pouco mais misterioso. Imediatamente depois que o sujeito (isto é, o administrador) recebeu o bilhete, ele se apressou a pegar seu chapéu e saiu correndo da casa. Mas não foi por que o bilhete o convocava à Capitania dos Portos. Ele não foi para lá. Não esteve ausente tempo suficiente para isso. Voltou na disparada num instante, tirou o chapéu e correu pelo refeitório resmungando e batendo na testa. Todos esses fatos e manifestações excitantes tinham sido observados pelo capitão Giles. Ele tinha, ao que parece, estado meditando sobre eles desde então.

Comecei a me apiedar dele profundamente. E num tom que tentei tornar o menos sarcástico possível, eu disse que estava feliz porque ele tinha encontrado alguma coisa com que ocupar suas horas da manhã.

Com sua desarmante simplicidade, ele me fez observar, como se fosse um assunto de alguma importância, como era estranho, afinal, que ele tivesse passado a manhã dentro de casa. Geralmente saía antes do almoço, visitando vários escritórios, vendo seus amigos no porto e assim por diante. Ele tinha se sentido um pouco indisposto ao se levantar. Nada de grave. Apenas o bastante para deixá-lo preguiçoso.

Tudo isso com um olhar fixo, envolvente que, em conjunção com a inanidade geral do discurso, transmitia a impressão de uma loucura moderada, melancólica. E, quando ele puxou sua cadeira um pouco e abaixou a voz para a nota baixa de mistério, ocorreu-me que aquela elevada reputação profissional não era necessariamente uma garantia de mente sã.

Nunca me ocorreu então que eu não sabia em que a sanidade mental consistia exatamente e que matéria delicada e, no todo, desimportante era aquela. Com alguma intenção de não ferir seus sentimentos, pisquei para ele de uma maneira interessada. Mas quando em seguida ele me perguntou misteriosamente se eu lembrava o que acabara de acontecer entre nosso administrador e "aquele tal de Hamilton", apenas resmunguei meu assentimento com azedume e virei a cabeça.

— Sim. Mas você se lembra de cada palavra? — ele insistiu delicadamente.

— Não sei. Não é assunto meu — retruquei, desejando, além do mais, e em voz alta, ao administrador e a Hamilton a danação eterna.

Eu pretendia ser muito enérgico e conclusivo, mas o capitão Giles continuou a me encarar pensativo. Nada podia detê-lo. Ele continuou para observar que minha personalidade estava envolvida naquela conversa. Quando tentei preservar a aparência de indiferença ele se tornou positivamente cruel. Eu ouvira o que o homem tinha dito. Sim? O que eu pensava disso, então? Ele queria saber.

Como a aparência do capitão Giles excluía a suspeita de mera malícia dissimulada, cheguei à conclusão de que ele era simplesmente o idiota mais sem tato sobre a terra. Eu quase me desprezei pela fraqueza de tentar esclarecer sua compreensão comum. Comecei a explicar que eu não pensava absolutamente nada.

Hamilton não era merecedor de um pensamento. O que um vagabundo repugnante como aquele — "Sim! isso ele é", interrompeu o capitão Giles — pensasse ou dissesse estava abaixo do desprezo de qualquer homem decente, e eu não pretendia lhe dar a menor atenção.

Essa atitude me parecia tão simples e óbvia que fiquei realmente espantado por Giles não emitir nenhum sinal de concordância. Tão perfeita estupidez era quase interessante.

— O que você gostaria que eu fizesse? — perguntei rindo. — Não posso começar uma briga com ele por causa da opinião que formou a meu respeito. Claro que eu soube da maneira desdenhosa como ele alude a mim. Não, ele não me força a tomar conhecimento de seu desdém. Nunca o expressou quando eu pudesse ouvi-lo. Pois mesmo agora há pouco ele não sabia que podíamos ouvi-lo. Eu iria apenas me tornar ridículo.

Aquele irremediável Giles continuou a tirar baforadas de seu cachimbo melancolicamente. De repente, seu rosto se desanuviou, e ele falou:

— Você não me entendeu.

— Não? Fico feliz em ouvir isso — eu disse.

Com crescente animação ele afirmou novamente que eu não o entendera. De maneira alguma. E num tom crescente de constrangida autocomplacência disse-me que poucas coisas escapavam à sua atenção, e ele estava bastante habituado a pensar sobre elas, e em geral a partir de sua experiência da vida e dos homens chegava à conclusão correta.

Esse pequeno autoelogio, é claro, combinava perfeitamente com a inanidade cansativa de toda a conversa. A coisa toda fortaleceu em mim aquela sensação obscura de que a vida não passa de um desperdício de dias, que, semi-inconscientemente, me afastara de um posto confortável, de homens que eu apreciava, para fugir da ameaça do vazio... e para encontrar a inanidade na primeira curva. Aqui estava um homem de caráter e feitos reconhecidos que se revelava um tagarela absurdo e deprimente. E provavelmente era assim em toda parte — de leste a oeste, da base até o topo da escala social.

Um grande desânimo se abateu sobre mim. Um torpor espiritual. A voz de Giles prosseguia complacentemente; a própria voz da oca presunção universal. E eu não estava mais irritado com ela. Não havia nada de original, nada de novo, de surpreendente, de informativo a esperar do mundo; nenhuma oportunidade de descobrir algo sobre nós mesmos, nenhuma sabedoria a adquirir, nenhum divertimento a usufruir. Tudo era estúpido e superestimado, como era o próprio capitão Giles. Que assim seja.

O nome de Hamilton de repente chegou ao meu ouvido e me despertou.

— Pensei que ele já era assunto encerrado — eu disse, com a maior aversão possível.

— Sim. Mas considerando o que ouvimos agora mesmo, acho que você deveria fazê-lo.

— Deveria fazê-lo? — Endireitei-me, perplexo. — Fazer o quê?

O capitão Giles encarou-me, muito surpreso.

— Ora! Fazer o que estou lhe aconselhando a tentar. Vá perguntar ao administrador o que estava naquela carta enviada pela Capitania dos Portos. Pergunte-lhe diretamente.

Fiquei mudo por algum tempo. Eu estava diante de algo inesperado e original o bastante para ser completamente incompreensível. Murmurei, estupefato:

— Mas pensei que era Hamilton que o senhor...

— Exatamente. Mas você não deve permitir. Faça o que estou lhe dizendo. Aborde aquele administrador. Você vai fazê-lo dar um pulo, aposto — insistiu o capitão Giles, sacudindo aquele seu cachimbo fumegante na minha cara. Depois tirou três baforadas rápidas.

Seu aspecto de perspicácia triunfante era indescritível. Apesar disso, o homem continuava sendo uma criatura estranhamente simpática. A benevolência irradiava dele de maneira ridícula, agradável, impressionante. Ela era irritante também. Mas eu observei friamente, como quem lida com o incompreensível, que não via nenhuma razão para me expor a uma afronta do sujeito. Ele era um administrador muito insatisfatório, e além disso um miserável canalha, mas eu pensaria duas vezes antes de provocá-lo.

— Provocá-lo — disse o capitão Giles num tom escandalizado. — Isso lhe seria de muita utilidade.

Esse comentário era tão irrelevante que não foi possível dar nenhuma resposta para ele. Mas o senso de absurdo começava, por fim, a exercer seu conhecido fascínio. Senti que não devia deixar o homem continuar falando comigo. Levantei-me, comentando secamente que ele era demais para mim — que eu não conseguia entendê-lo.

Antes que eu tivesse tempo para me afastar ele falou de novo num tom diferente de obstinação, tirando baforadas nervosas de seu cachimbo.

— Bem... ele é um... importuno inútil... de qualquer maneira. Você apenas... pergunte-lhe. Só isso.

Essa nova maneira me impressionou — ou melhor, me levou a fazer uma pausa. Mas, a sanidade falando mais alto, saí imediatamente da varanda, depois de lhe dar um sorriso sem alegria. Em poucos passos encontrei-me no refeitório, agora limpo e vazio. Durante aquele curto tempo, vários pensamentos me ocorreram, tais como: que Giles estava caçoando de mim, esperando alguma diversão à minha custa; que eu provavelmente parecia tolo e crédulo; que eu sabia muito pouco da vida...

A porta à minha frente do outro lado da sala de jantar abriu-se para minha extrema surpresa. Era a porta em que estava escrita a palavra "Administrador" e o próprio homem correu para fora de seu covil abafado e filisteu com seus absurdos modos de animal caçado, rumo à porta que se abria para o jardim.

Até hoje não sei o que me fez chamá-lo. "Ei! Espere um minuto." Talvez tenha sido o olhar de soslaio que ele me deu; ou possivelmente eu estava sob a influência da misteriosa sinceridade do capitão Giles. Bem, foi uma espécie de impulso; um efeito daquela força que está em algum lugar em nossas vidas e que as molda desta ou daquela maneira. Pois, se essas palavras não tivessem escapado de meus lábios (minha vontade não teve nada a ver com aquilo), minha existência, com certeza, ainda teria sido a de um marinheiro, mas segundo linhas agora inteiramente inconcebíveis para mim.

Não. Minha vontade nada teve a ver com isso. De fato, mal eu produzira esse som fatídico, fiquei extremamente arrependido dele. Se o homem tivesse parado e olhado para mim eu teria tido de me retirar, perturbado. Pois eu não tinha nenhuma intenção de pôr em prática a piada idiota do capitão Giles, fosse à minha própria custa ou à custa do administrador.

Mas aqui o velho instinto humano da caça entrou em jogo. Ele fingiu ser surdo, e eu, sem pensar um segundo sobre isso, corri pelo meu próprio lado da mesa de jantar e interceptei-o bem junto da porta.

— Por que não pode responder quando é interpelado? — perguntei rispidamente.

Ele se apoiou no lintel da porta. Parecia extremamente miserável. Temo que a natureza humana não seja sempre muito bonita. Há manchas feias nela. Eu me vi ficando enraivecido, e isso, creio, só porque minha presa parecia tão desolada. Mendigo miserável! Abordei-o sem rodeios.

— Pelo que sei, houve um comunicado oficial para a Casa da parte da Capitania dos Portos esta manhã. É verdade?

Em vez de me dizer para cuidar da minha vida, como poderia ter feito, ele começou a choramingar com uma sugestão de insolência. Não me encontrara em parte alguma naquela manhã. Não se poderia esperar que corresse por toda a cidade atrás de mim.

— Quem quer que você o faça? — exclamei. E então meus olhos se abriram para a essência de coisas e falas cuja trivialidade tinha sido tão desconcertante e cansativa.

Disse-lhe que queria saber o que estava nessa carta. Minha firmeza de tom e comportamento era apenas parte simulada. A curiosidade pode ser um sentimento muito intenso — às vezes.

Ele se refugiou num mau humor tolo, resmungão. Não era nada para mim, murmurou. Eu lhe contara que estava indo para casa. E como eu estava indo para casa, ele não via por que deveria...

Essa foi a linha de sua argumentação, e ela foi irrelevante o bastante para ser quase insultante. Insultante para a inteligência de uma pessoa, quero dizer.

Naquela região crepuscular entre a juventude e a maturidade, em que meu ser se encontrava então, ficamos peculiarmente propensos a esse tipo de insulto. Temo que meu comportamento em relação ao administrador tenha se tornado de fato muito áspero. Mas não estava nele enfrentar coisa alguma ou pessoa alguma. Hábito de consumir drogas ou de se embriagar sozinho, talvez. E quando esqueci de mim mesmo a ponto de insultá-lo ele desmoronou e começou a gritar.

Não quero dizer que tenha aprontado um grande escândalo. Foi uma cínica confissão histérica, apenas fraca — penosamente fraca. Também não foi muito coerente, mas foi coerente o bastante para me deixar pasmo a princípio. Afastei meus olhos dele em honrada indignação, e percebi o capitão Giles na entrada da varanda observando calmamente a cena, sua própria obra, se posso me expressar assim. Seu cachimbo preto fumegante era muito perceptível em seu punho grande, paternal. Assim também era o brilho da pesada corrente de seu relógio através do peito de sua túnica branca. Ele exalava uma atmosfera de virtuosa e serena sagacidade suficiente para qualquer alma inocente voar confiante para ele. Eu voei para ele.

— O senhor não vai acreditar— exclamei. — Era uma notificação de que estão à procura de um comandante para algum navio. Há um comando aparentemente vago e esse sujeito enfia a notificação no bolso!

O administrador gritou, com entonação de audível desespero:

— O senhor vai acabar me matando!

O forte tapa que deu em sua pobre testa foi muito ruidoso também. Mas quando me virei para olhá-lo ele não estava mais lá. Tinha corrido para algum lugar fora do meu campo de visão. Esse súbito desaparecimento me fez rir.

Esse foi o fim do incidente — para mim. O capitão Giles, no entanto, olhando fixo para o lugar onde o administrador estivera, começou a puxar sua linda corrente de ouro até que finalmente o relógio saiu do bolso fundo como a pura verdade de um poço. Solene, ele o abaixou novamente e apenas depois disse:

— Somente três horas. Você ainda tem tempo; isto é, se não perder mais nenhum.

— Tempo para quê?

— Meu Deus! Para a Capitania dos Portos. Isso precisa ser investigado.

A rigor, ele tinha razão. Mas jamais gostei muito de investigação, de expor as pessoas e todo esse tipo de trabalho sem dúvida eticamente meritório. E minha visão do episódio foi puramente ética. Se alguém tinha de ser a morte do administrador, eu não via porque não deveria ser o próprio capitão Giles, um homem maduro e respeitado, e um hóspede permanente. Ao passo que eu, em comparação, sentia a mim mesmo como uma mera ave de passagem naquele porto. De fato, era possível dizer que eu já tinha rompido minha conexão. Murmurei que eu não pensava — que não era nada para mim...

— Nada! — repetiu o capitão Giles, exibindo alguns sinais de indignação calma, deliberada. — Kent me advertiu que você era um rapaz peculiar. Agora você vem me dizer que um comando não é nada para você? E depois de todo o trabalho que tive, ainda por cima!

— O trabalho! — murmurei, sem compreender. Que trabalho? A única coisa de que eu conseguia me lembrar era de ter ficado desconcertado e entediado com sua conversa durante uma hora inteira depois do almoço. E ele chamava isso de ter muito trabalho.

Ele estava olhando para mim com uma autocomplacência que teria sido odiosa em qualquer outro homem. De repente, como se uma página tivesse sido virada após revelar uma palavra que esclarecia tudo que viera antes, percebi que esse assunto tinha também um outro aspecto além do ético.

Ainda assim, não me mexi. O capitão Giles perdeu sua paciência um pouco. Com uma baforada irritada no seu cachimbo ele virou as costas à minha hesitação.

Mas não era hesitação de minha parte. Eu estivera, se posso me expressar assim, mentalmente avariado. Mas assim que me convencera de que esse mundo estagnado, improdutivo de meu descontentamento continha algo como um comando a ser assumido, recuperei meus poderes de locomoção.

É uma boa caminhada da Casa dos Oficiais à Capitania dos Portos; mas com a palavra mágica "comando" em minha cabeça, vi-me subitamente no cais, como se transportado para lá num piscar de olhos, em frente a um portal de pedra branca sobre um lance de rasos degraus brancos.

Tudo isso pareceu deslizar rapidamente na minha direção. Todo o grande ancoradouro à direita era apenas um mero lampejo de azul, e o sombrio e fresco corredor me engoliu, tirando-me do calor e da luz que eu não tinha percebido até o próprio momento em que entrei, saindo deles.

A larga escadaria interna insinuou-se de algum modo sob meus pés. O comando é uma mágica estranha. Os primeiros seres humanos que percebi distintamente desde que me afastei das costas indignadas do capitão Giles foram os homens da tripulação da lancha a vapor do porto, descansando no espaçoso patamar que cercava a arcada acortinada da agência marítima.

Foi lá que minha alegria me abandonou. A atmosfera de burocracia mataria qualquer coisa que respira o ar do esforço humano, extinguiria a esperança e o medo da mesma maneira na supremacia do papel e da tinta. Passei pesadamente sob a cortina que o timoneiro malaio da lancha do porto ergueu para mim. Não havia ninguém no escritório, exceto os funcionários, escrevendo em duas fileiras industriosas. Mas o contratador chefe saltou de sua elevação e apressou-se ao longo dos espessos tapetes para me receber na ampla passagem central.

Ele tinha um nome escocês, mas sua pele era de um rico tom oliva, sua barba curta era da cor do azeviche e seus olhos, também pretos, tinham uma expressão abatida. Ele perguntou confidencialmente:

— O senhor quer vê-Lo?

Toda a leveza de espírito e corpo tendo me abandonado ao contato com a burocracia, olhei para o escrevente desanimado e perguntei também sem ânimo por minha vez:

— O que o senhor acha? Pode ser de alguma utilidade?

— Nossa! Ele perguntou pelo senhor duas vezes hoje.

Esse enfático Ele era a autoridade suprema, o Superintendente Marítimo, o Capitão do Porto — uma grande personalidade aos olhos de cada barnabé no recinto. Mas isso não era nada comparado à opinião que ele tinha de sua própria grandeza.

O capitão Ellis considerava-se uma espécie de emanação divina (pagã), o Netuno interino para os mares circum-ambientes. Se ele não governava as águas realmente, pretendia governar o destino dos mortais cujas vidas eram lançadas sobre elas.

Essa edificante ilusão o tornava inquisitorial e peremptório. E, como seu temperamento era colérico, havia quem chegasse realmente a temê-lo. Ele era temível, não em virtude de seu cargo, mas por causa de suas injustificáveis presunções. Eu nunca tivera nada a ver com ele antes. Eu disse:

— Oh! Ele perguntou por mim duas vezes. Então talvez seja melhor eu entrar.

— O senhor deve entrar! O senhor deve!

O contratador chefe seguiu à minha frente com um andar afetado, contornando todo o sistema de mesas até uma porta alta, de aspecto imponente, que abriu com um gesto deferente do braço.

Ele entrou (mas sem largar a maçaneta) e, após examinar reverentemente a sala por algum tempo, fez sinal para mim com uma sacudida silenciosa da cabeça. Em seguida retirou-se de imediato e fechou a porta atrás de mim com a maior delicadeza.

Três janelas altas davam para o porto. Não havia nada nelas, exceto o cintilante mar azul escuro e o mais pálido azul luminoso do céu. Meus olhos captaram, nas profundezas e distâncias desses tons azuis, a mancha branca de um grande navio recém-chegado e prestes a fundear no ancoradouro externo. Um navio de casa — depois de talvez noventa dias no mar. Há algo de tocante num navio que chega do mar e dobra suas velas brancas para um descanso.

O que vi em seguida foi o topete de cabelo grisalho no alto do rosto liso e vermelho do capitão Ellis, que teria sido apoplético se não tivesse uma aparência tão fresca.

Nosso Netuno interino não tinha nenhuma barba em seu queixo, e não havia nenhum tridente para ser visto encostado num canto, como um guarda-chuva, em lugar nenhum. Mas sua mão segurava uma pena — a pena oficial, muito mais poderosa que a espada para fazer ou arruinar a fortuna de simples trabalhadores. Ele olhava sobre seu ombro enquanto eu entrava.

Depois que me aproximei o bastante, cumprimentou-me com um enervante: "Onde o senhor esteve este tempo todo?"

Como isso não era da sua conta, não tomei o menor conhecimento da crítica. Disse simplesmente que soubera que precisavam de um comandante para um navio, e sendo um homem de veleiro pensara em me candidatar...

Ele me interrompeu.

— Ora! Pare com isso! O *senhor* é o homem certo para esse emprego; mesmo que houvesse outros vinte interessados nele. Mas não receie isso. Eles estão todos com medo de enfrentar o desafio. É isso que acontece.

Ele estava muito irritado. Eu disse inocentemente:

— Estão mesmo, senhor? Mas estão com medo de quê?

— Ora — exclamou ele. — Medo das velas. Medo de uma tripulação branca. Problemas demais. Trabalho demais. Muito tempo lá fora. Vida fácil e espreguiçadeiras, é isso que eles querem. Eu fico aqui sentado com o telegrama do cônsul-geral na minha frente, e o único homem adequado para o emprego não pode ser encontrado em lugar nenhum. Comecei a pensar que o senhor também estava se acovardando...

— Não demorei a chegar no escritório — observei calmamente.

— O senhor tem uma boa reputação por aqui, porém — ele rosnou selvagemente sem olhar para mim.

— Estou muito satisfeito de ouvir isso do senhor — eu disse.

— Sim. Mas o senhor não estava a postos quando precisamos. Sabe que não estava. Aquele seu administrador não ousaria negligenciar uma mensagem desta capitania. Onde diabos o senhor passou a maior parte do dia escondido?

Apenas sorri gentilmente; ele pareceu se recompor e me convidou para sentar. Explicou que, tendo o comandante de um navio britânico morrido em Bangkok, o cônsul-geral lhe enviara um telegrama pedindo que um homem competente fosse enviado para assumir o comando.

Pelo visto, na opinião dele, eu era esse homem desde o primeiro momento, embora, ao que tudo indicava, a notificação enviada à Casa dos Marinheiros fosse geral. Um contrato já havia sido preparado. Ele passou-o para mim para que eu o lesse, e quando eu o devolvi com o comentário de que aceitava seus termos, o Netuno interino assinou-o, selou-o com sua própria mão sublime, dobrou-o em quatro (era uma folha de papel ofício azul) e o entregou a mim. Um presente de extraordinário poder, pois, quando o pus no meu bolso, minha cabeça rodava um pouco.

— Esta é a sua nomeação para o comando — disse ele com certa gravidade. — Uma nomeação oficial que obriga os proprietários a cumprir as condições que o senhor aceitou. Então... quando estará pronto para partir?

Eu disse que estaria pronto naquele mesmo dia, se necessário. Ele se apegou à minha palavra com grande alacridade. O vapor *Melita* partiria para Bangkok naquela noite por volta das sete horas. Ele iria pedir oficialmente a seu capitão para me dar uma passagem e me aguardar até as dez horas.

Então ele se levantou de sua cadeira de escritório e eu também me pus de pé. Minha cabeça rodava, não havia dúvida quanto a isso, e senti um certo peso nos meus membros como se eles tivessem ficado maiores desde que eu me sentara naquela cadeira. Fiz minha vênia.

Uma sutil mudança nos modos do capitão Ellis tornou-se perceptível como se ele tivesse posto de lado o tridente de Netuno interino. Na realidade, foi apenas sua caneta oficial que largou ao se levantar.

2

Ele apertou a minha mão:
— Bem, aí está o senhor, por conta própria, oficialmente nomeado sob minha responsabilidade.

Ele estava na verdade me levando à porta. Como ela parecia distante! Eu me movia como um homem acorrentado, mas nós a alcançamos finalmente. Eu a abri com a sensação de estar lidando apenas com a matéria de que os sonhos são feitos, e então, no último momento, a camaradagem de marinheiros se impôs, mais forte que a diferença de idade e de posição. Ela se afirmou na voz do capitão Ellis.

— Adeus... e boa sorte para o senhor — ele disse tão calorosamente que pude apenas lhe devolver um olhar agradecido. Então me virei e saí, para nunca mais vê-lo na minha vida. Eu não tinha dado três passos na sala de espera quando ouvi às minhas costas uma voz ríspida, alta e autoritária, a voz de nosso Netuno interino.

Ela estava se dirigindo ao contratador chefe que, tendo me deixado, havia, ao que tudo indicava, permanecido flanando no meio do caminho desde então.

— Sr. R., faça com que a lancha do porto esteja pronta para levar o capitão aqui a bordo do Melita às nove e meia hoje à noite.

Fiquei impressionado com a alegria do "Sim, senhor" de R. Ele correu à minha frente no patamar. Minha nova dignidade ainda era tão superficial em mim que não me dei conta de que era eu o capitão, o objeto dessa última gentileza. Parecia que de repente um par de asas tinha crescido em meus ombros. Eu meramente deslizava pelo assoalho polido.

Mas R. estava impressionado.

— Vou te contar! — ele exclamou no patamar, enquanto a tripulação malaia da lancha a vapor a postos olhava com indiferença para o homem para quem eles seriam mantidos ocupados até tão tarde, longe de seu carteado, de suas garotas ou de suas alegrias puramente domésticas. — Vou te contar! A lancha dele próprio. O que o senhor fez para ele?

Seu olhar estava cheio de curiosidade respeitosa. Fiquei bastante confuso.

— Foi por minha causa? Eu não fazia a menor ideia — gaguejei.

Ele assentiu com a cabeça muitas vezes. — Sim. E a última pessoa que a teve antes do senhor foi um duque. Veja só!

Acho que ele esperava que eu desmaiasse ali mesmo. Mas eu estava apressado demais para manifestações sentimentais. Minhas emoções já estavam em tal turbilhão que essa espantosa informação não pareceu fazer a menor diferença. Ela apenas caiu no caldeirão fervilhante de meu cérebro, e eu a carreguei comigo após uma curta, mas efusiva passagem em que me despedi de R.

O favor dos grandes joga uma auréola em redor do afortunado objeto de sua escolha. Aquele excelente homem perguntou se poderia fazer alguma coisa por mim. Ele me conhecera apenas de vista, e sabia perfeitamente que nunca me veria de novo; eu era, tal como os demais marujos do porto, apenas um assunto para documentos oficiais, assunto para formulários com toda a superioridade artificial de um homem de pena e tinta para os homens que enfrentam as realidades fora das paredes consagradas dos prédios oficiais. Que fantasmas devíamos ter sido para ele! Meros símbolos com que lidar em livros e registros pesados, sem cérebros nem músculos ou perplexidades; algo dificilmente útil e sem dúvida inferior.

E ele — terminado o expediente — queria saber se podia ser de alguma utilidade para mim!

Eu devia — sem exagero — ter irrompido em pranto. Mas sequer pensei nisso. Aquela era apenas mais uma manifestação miraculosa daquele dia de milagres. Separei-me dele como se ele fosse um mero símbolo. Desci a escada flutuando. Transpus flutuando o portal oficial e imponente. Continuei flutuando pelo caminho.

Uso essa palavra em vez de "voar" porque tenho uma nítida impressão de que, embora enaltecido pela minha estimulada juventude, meus movimentos eram bastante conscientes. Para aquela porção misturada, branca, parda e amarela da humanidade, que cuidava de seus próprios afazeres em terra estrangeira, eu apresentava a aparência de um homem que caminhava bastante tranquilamente. E nada semelhante a uma abstração poderia ter se igualado ao meu profundo desapego das formas e cores desse mundo. Ele era, por assim dizer, definitivo.

No entanto, de repente, reconheci Hamilton. Reconheci sem esforço, sem choque, sem sobressalto. Lá estava ele, andando rumo à Capitania dos Portos com sua dignidade rígida, arrogante. Seu rosto vermelho tornava-o perceptível à distância. Ele flamejava, lá adiante, do lado sombreado da rua.

Ele tinha me percebido também. Alguma coisa (exuberância inconsciente do humor, talvez) levou-me a acenar para ele, de forma elaborada. Essa ofensa ao bom gosto aconteceu antes que eu estivesse consciente de que era capaz dela.

O impacto de meu descaramento o deteve de repente, mais ou menos como uma bala o teria feito. Acredito verdadeiramente que ele cambaleou, embora até onde pude ver, não caiu de fato. Deixei-o para trás num instante e não virei a cabeça. Esquecera-me da sua existência.

Os dez minutos seguintes poderiam ter sido dez segundos ou dez séculos no que minha consciência teve a ver com eles. Pessoas poderiam ter estado caindo mortas à minha volta, casas desmoronando, armas disparando, eu não teria percebido. Eu estava pensando: "Por Deus! Eu o consegui!" "*O*" sendo o comando. Ele chegara de uma maneira completamente imprevista em meus modestos devaneios.

Percebi que minha imaginação estivera correndo em canais convencionais e que minhas esperanças tinham sido sempre sem brilho. Eu imaginara um comando como um resultado de uma lenta sequência de promoções a serviço de alguma firma altamente respeitável. A recompensa por serviço fiel. Bem, quanto a serviço fiel não havia problema. Fidelidade é algo que damos naturalmente por amor a nós mesmos, por amor ao navio, pelo amor que temos à vida que escolhemos; não por amor à recompensa.

Há algo desagradável na noção de uma recompensa.

E agora aqui estava meu comando, inteiramente no meu bolso, de uma maneira de fato inegável, mas completamente inesperada; além de minha imaginação, acima de todas as expectativas plausíveis, e até a despeito da existência de algum tipo de intriga obscura para mantê-lo fora do meu alcance. É verdade que a intriga foi fraca, mas ela ajudou o sentimento de assombro — como se eu tivesse sido especialmente destinado para aquele navio que não conhecia, por algum poder acima das prosaicas agências do mundo comercial.

Uma estranha sensação de júbilo começou a penetrar em mim. Se eu tivesse trabalhado por aquele comando durante dez anos não teria havido nada semelhante. Eu estava um pouco amedrontado.

— Vamos nos acalmar — disse a mim mesmo.

Em frente à porta da Casa dos Oficiais o odioso administrador parecia estar à minha espera. Havia um largo lance de alguns degraus e ele corria de um lado para outro no alto como se estivesse acorrentado lá. Um vira-lata em apuros. Ele dava a impressão de que sua garganta estava seca demais para que pudesse latir.

Lamento dizer que parei antes de entrar. Houvera uma revolução em minha natureza moral. Ele esperou de boca aberta, ofegante, enquanto o encarei por meio minuto.

— E você pensou que podia me manter fora disso — eu disse mordazmente.

— Você disse que estava indo para casa — ele guinchou miseravelmente. — Você disse isso. Você disse isso.

— Eu gostaria de saber o que o capitão Ellis terá a dizer sobre essa desculpa — falei devagar com um propósito sinistro.

Seu maxilar inferior estivera tremendo o tempo todo e sua voz era como o balido de uma cabra doente.

— Você me denunciou? Você me destruiu?

Nem sua aflição nem mesmo o completo absurdo daquilo foi capaz de me desarmar. Era o primeiro caso de tentativa de me causar dano — pelo menos, o primeiro que eu descobri. E eu era ainda bastante jovem, estava ainda demasiado deste lado da linha de sombra, para não ficar surpreso e indignado com essas coisas.

Contemplei-o impassível. Deixei o mendigo sofrer. Ele deu um tapa da testa e eu entrei, perseguido refeitório adentro por seu grito:

— Eu sempre disse que o senhor ia acabar me matando.

Esse clamor não apenas me alcançou, mas foi em frente, por assim dizer, em direção à varanda e fez surgir o capitão Giles.

Ele se postou diante de mim no vão da porta em toda a solidez banal de sua sabedoria. A corrente de ouro brilhava em seu peito. Ele estava agarrado a um cachimbo fumegante.

Dei-lhe um aperto de mão caloroso e ele pareceu surpreso, mas acabou respondendo com a cordialidade esperada, com um débil sorriso de conhecimento superior que abreviou meus agradecimentos como se fosse uma faca. Acho que não foi dita mais de uma palavra. E mesmo para essa, a julgar pela temperatura de meu rosto, eu tinha corado como se tivesse praticado uma má ação. Adotando um tom desapaixonado, eu quis saber como diabos ele tinha conseguido descobrir o pequeno jogo desonesto que estivera em curso.

Ele murmurou complacentemente que poucas coisas eram feitas na cidade que ele não pudesse penetrar. E quanto a essa casa, ele vinha usando-a de vez em quando há quase dez anos. Nada do que se passava nela podia escapar à sua grande experiência. Aquilo não fora nenhuma dificuldade. Absolutamente nenhuma dificuldade.

Depois, em seu tom calmo e forte, ele quis saber se eu tinha me queixado formalmente da ação do administrador.

Respondi que não — embora, de fato, não tivesse sido por falta de oportunidade. O capitão Ellis havia investido contra mim da maneira mais ridícula porque eu não estava lá quando ele quis me ver.

— Um velho cavalheiro divertido — interrompeu o capitão Giles. — O que você respondeu a isso?

— Eu disse simplesmente que tinha ido no momento em que soube de sua mensagem. Nada mais. Não queria prejudicar o administrador. Seria desprezível fazer mal a alguém como ele.

Não. Não fiz nenhuma queixa, mas acredito que ele pensa que fiz. Deixe-o pensar. Ele levou um susto que vai demorar a esquecer, porque o capitão Ellis o chutaria para o meio da Ásia...

— Espere um momento — disse o capitão Giles, deixando-me de repente. Fiquei sentado sentindo cansaço, sobretudo em minha cabeça. Antes que eu pudesse encadear um raciocínio ele estava de novo parado diante de mim, murmurando a desculpa de que tivera de ir tranquilizar a mente do sujeito.

Levantei os olhos para ele, surpreso. Mas, na realidade, eu estava indiferente. Ele explicou que encontrara o administrador deitado de bruços no elegante sofá de crina. Ele estava bem agora.

— Ele não teria morrido de medo — eu disse com desdém.

— Não. Ele poderia ter tomado uma superdose de uma daquelas garrafinhas que guarda no quarto — o capitão Giles argumentou seriamente. — O tolo frustrado tentou se envenenar uma vez... alguns anos atrás.

— Realmente — comentei sem emoção. — Ele não parece muito apto para viver, no final das contas.

— Quanto a isso, é algo que pode ser dito de muita gente.

— Não exagere assim! — protestei, rindo com irritação. — Mas eu me pergunto: o que esta parte do mundo faria se o senhor parasse de tomar conta dela, capitão Giles? Veja, o senhor me conseguiu um comando e salvou a vida do administrador numa só tarde. Embora por que o senhor haveria de ter se interessado tanto em qualquer um de nós escape à minha compreensão.

O capitão Giles permaneceu em silêncio por um minuto. Depois disse em tom solene:

— Ele não é um mal administrador, na realidade. É capaz de encontrar um bom cozinheiro, por exemplo. E mais, consegue mantê-lo quando o encontra. Eu me lembro dos cozinheiros que tivemos aqui antes de seu tempo!...

Eu devo ter feito um movimento de impaciência, porque ele se interrompeu com um pedido de desculpas por me manter contando histórias ali, enquanto eu, sem dúvida, precisava de todo o meu tempo para me preparar.

O que eu realmente precisava era de ficar um pouco sozinho. Agarrei-me a essa oportunidade mais que depressa. Meu quarto era um refúgio silencioso numa ala aparentemente não habitada do prédio. Não tendo absolutamente nada para fazer (porque não tinha desfeito a minha mala), sentei-me na cama e abandonei-me às influências do momento. Às influências inesperadas...

E, em primeiro lugar, admirei-me com meu estado de espírito. Por que eu não estava mais surpreso? Por quê? Aqui estava eu, investido com um comando num piscar de olhos, não no curso comum dos negócios humanos, mas mais como se por encanto. Eu devia estar perdido em espanto. Mas não estava. Estava muito como as pessoas nos contos de fadas. Nada jamais as assombra. Quando uma carruagem de gala completamente equipada é produzida a partir de uma abóbora para levá-la ao baile, Cinderela não solta uma só exclamação. Ela entra em silêncio e segue na carruagem para sua grande fortuna.

O capitão Ellis (um tipo de fada cruel) tinha tirado um comando de uma gaveta de maneira quase tão inesperada quanto num conto de fadas. Mas um comando é uma ideia abstrata, e pareceu uma espécie de "maravilha menor" até me ocorrer que ele envolvia a existência concreta de um navio.

Um navio! Meu navio! Ele é meu, mais absolutamente meu para posse e cuidado do que qualquer outra coisa no mundo; um objeto de responsabilidade e devoção. Estava lá à minha espera, enfeitiçado, incapaz de se mover, de viver, de sair pelo mundo (até que eu chegasse), como uma princesa encantada. Seu chamado chegara a mim como vindo das nuvens. Nunca suspeitara de sua existência.

Eu não sabia como ele era, mal ouvira o seu nome, e, no entanto, estávamos indissoluvelmente unidos por uma certa porção de nosso futuro, para naufragar ou flutuar juntos!

Uma súbita paixão de ansiosa impaciência correu pelas minhas veias, deu-me um tal senso da intensidade da existência como eu nunca sentira antes nem senti depois. Descobri o quanto eu era um marinheiro, no coração, na mente, e, por assim dizer, fisicamente — um homem exclusivamente do mar e de navios; o mar o único mundo que contava; e os navios, o teste de virilidade, de temperamento, de coragem e fidelidade; e de amor.

Tive um momento extraordinário. E único também. Pulando de meu assento, andei de um lado para outro no quarto por muito tempo. Mas, quando cheguei ao térreo, comportei-me com suficiente compostura. Apenas não consegui comer nada no jantar.

Tendo declarado minha intenção de não ir de carro, mas, sim, caminhando até o cais, devo fazer justiça ao deplorável administrador e declarar que ele se levantou para me achar alguns cules para a bagagem. Eles partiram, carregando todos os meus bens terrenos (exceto um pouco de dinheiro que eu levava no bolso) pendurados numa vara comprida. O capitão Giles se dispôs a caminhar comigo.

Seguimos pela alameda sombreada através da Esplanada. Estava moderadamente fresco lá, sob as árvores. O capitão Giles comentou com uma súbita risada:

— Eu sei quem está muito agradecido por tê-lo visto pelas costas.

Adivinhei que se referia ao administrador. O sujeito tinha se comportado comigo de uma maneira assustada e mal-humorada até a última hora. Expressei meu espanto por ele ter tentado me prejudicar sem nenhuma razão.

— Você não vê que o que ele queria era se livrar de nosso amigo Hamilton fazendo com que se candidatasse para esse emprego antes de você? Isso o teria removido para sempre. Entende?

— Céus! — exclamei, sentindo-me de certa forma humilhado. — Pode isso ser possível? Que idiota ele deve ser! Esse arrogante, desavergonhado vagabundo. Ora! Ele não poderia... E, no entanto, quase o fez, acredito; pois a Capitania dos Portos certamente mandaria alguém.

— Sim, um tolo como o nosso administrador pode ser perigoso às vezes — declarou o capitão Giles gravemente. — Só porque ele é um tolo — acrescentou, transmitindo informação adicional em complacentes notas graves. — Pois — continuou à maneira de uma demonstração convencional — nenhuma pessoa sensata se arriscaria a ser chutada do único emprego que o separa da fome só para se livrar de um simples aborrecimento, uma pequena preocupação. Será que ele o faria agora?

— Bem, não — admiti, contendo uma vontade de rir dessa sua seriedade um tanto misteriosa ao expor as conclusões de sua sabedoria como se elas fossem o produto de operações proibidas. — Mas aquele sujeito parece ser meio maluco. Ele deve ser.

— Quanto a isso, acredito que todas pessoas são um pouco malucas — ele anunciou calmamente.

— O senhor não abre nenhuma exceção? — perguntei, só para ver o seu jeito.

— Ora! O Kent diz isso até de você.

— É mesmo? — retruquei, extremamente amargurado de repente em relação a meu antigo capitão. — Não há nada disso na carta de recomendação escrita por ele que tenho no meu bolso. Ele lhe deu algum exemplo de minha loucura?

O capitão Giles explicou num tom conciliatório que tinha sido apenas um comentário amistoso em referência à maneira abrupta como eu abandonara o navio sem nenhuma razão aparente.

Balbuciei, irritado:

— Oh! Deixar seu navio. — E apertei o meu passo. Ele se manteve ao meu lado na profunda escuridão da avenida, como se tivesse o dever de consciência de me despachar da colônia como um tipo indesejável. Estava um pouco ofegante, o que era bastante patético de certo modo. Mas não me comovi. Ao contrário. Seu desconforto me deu uma espécie de prazer maldoso. Logo depois cedi, diminuí a marcha, e disse:

— O que eu realmente queria era recomeçar. Senti que era hora. Será que isso é assim tão sem nexo?

Ele não respondeu. Estávamos saindo da avenida. Na ponte sobre o canal uma figura escura, irresoluta, parecia estar à espera de alguma coisa ou de alguém.

Era um policial malaio, descalço, em seu uniforme azul. A faixa prateada de seu bonezinho redondo brilhava palidamente à luz da lâmpada da rua. Ele olhou timidamente na nossa direção.

Antes que pudéssemos alcançá-lo, deu meia-volta e caminhou à nossa frente em direção ao cais. A distância era de cerca de cem metros, e então encontrei meus cules, agachados. Eles tinham mantido a vara sobre os ombros, e todos os meus bens terrenos, ainda amarradas à vara, estavam apoiados no chão entre eles. Até onde a vista podia alcançar, ao longo do cais não havia vivalma lá fora, exceto aquele policial, que nos cumprimentou.

Parece que ele tinha detido os cules como tipos suspeitos, e os proibira de chegar ao cais. Mas um sinal meu suspendeu a proibição alegremente. Os dois pacientes sujeitos, levantando-se com um débil gemido, correram ao longo das tábuas, e eu me preparei para me despedir do capitão Giles, que permanecia lá com um ar de que sua missão estava se aproximando do fim. Não se podia negar que ele fora o autor de tudo aquilo. E enquanto eu hesitava com relação a uma frase apropriada, ele se fez ouvir:

— Acho que você terá suas mãos bastante cheias de negócios encadeados.

Perguntei-lhe o que o levava a pensar assim; e ele respondeu que era sua experiência geral do mundo. Um navio afastado de seu porto há muito tempo, proprietários inacessíveis via telegrama, e o único homem que podia explicar as coisas morto e enterrado.

— E você mesmo, novo no negócio, de certa forma — concluiu ele num tom irretorquível.

— Não insista — eu disse. — Eu sei muito bem disso. Gostaria apenas que pudesse me transmitir alguma pequena porção de sua experiência antes que eu vá. Como isso não pode ser feito em dez minutos, é melhor eu não começar a lhe perguntar. Aquela lancha do porto está à minha espera, também. Mas não vou me sentir realmente em paz até que eu tenha aquele meu navio no oceano Índico.

Ele comentou casualmente que de Bangkok ao oceano Índico era uma distância bastante longa. E esse murmúrio, como a luminosidade tênue de uma lanterna escura, me mostrou por um momento o largo cinturão de ilhas e recifes entre aquele navio desconhecido, que era meu, e a liberdade das vastas águas do globo.

Mas eu não sentia nenhuma apreensão. Estava bastante familiarizado com o Arquipélago naquela altura. Extrema paciência e extremo cuidado me ajudariam a transpor aquela região de terra recortada, de ventos fracos e de água morta para onde eu sentiria finalmente meu comando oscilar na grande arrebentação e adernar ao grande sopro de ventos regulares, que lhe dariam a sensação de uma vida grande, mais intensa. O caminho seria longo. Todos os caminhos que levam aos desejos de nosso coração são longos. Mas esse caminho o olho de minha mente podia ver num mapa, profissionalmente, com todas as suas complicações e dificuldades, ainda que bastante simples de certa forma. A pessoa é um marinheiro ou não é. E eu não tinha nenhuma dúvida de ser um.

A única parte que eu desconhecia era o Golfo de Sião. E mencionei isso ao capitão Giles. Não que estivesse muito preocupado. Ele pertencia à mesma região cuja natureza eu conhecia, cuja própria alma eu parecia ter investigado durante os últimos meses daquela existência com que eu rompera agora, de repente, como nos separamos de uma companhia encantadora.

— O Golfo... Ah! Um esquisito corpo de água... aquele — disse o capitão Giles.

Esquisito, naquele contexto, era uma palavra vaga. Tudo aquilo soava como uma opinião proferida por uma pessoa cautelosa, atenta a processos por calúnia.

Não indaguei a respeito da natureza dessa esquisitice. Realmente não havia tempo. Mas no último instante ele fez uma advertência.

— O que quer que você faça, mantenha-se perto da margem leste dele. A margem oeste é perigosa nesta época do ano. Não deixe que nada o atraia para lá. Você não encontraria nada exceto problema.

Embora eu dificilmente conseguisse imaginar o que poderia me tentar a envolver meu navio entre as correntes e recifes da costa malaia, agradeci-lhe pelo conselho.

Ele segurou calorosamente meu braço estendido, e o fim de nosso relacionamento chegou subitamente com as palavras: "Boa noite."

Isso foi tudo que ele disse: "Boa noite." Mais nada. Não sei o que eu pretendia dizer, mas a surpresa me fez engolir aquilo, fosse o que fosse. Engasguei ligeiramente, depois exclamei com uma espécie de pressa nervosa:

— Oh! Boa noite, capitão Giles, boa noite.

Seus movimentos eram sempre ponderados, mas ele avançara de costas por alguma distância pelo cais deserto antes que eu me recobrasse o suficiente para seguir seu exemplo e dar meia-volta na direção do píer.

Só que meus movimentos não eram deliberados. Corri até os degraus e saltei na lancha. Antes que eu tivesse me acomodado razoavelmente no paneiro, a pequena embarcação disparou do molhe com um giro súbito da hélice e a descarga dura e rápida do vapor em sua chaminé de latão vagamente reluzente a meia-nau.

A brumosa agitação em sua popa era o único som no mundo. A orla estava mergulhada no silêncio do sono mais profundo. Observei a cidade se afastar quieta e silenciosa na noite quente, até que a abrupta saudação "lancha a vapor, olá!" me fez olhar para a frente. Estávamos próximos de um fantasmagórico vapor branco. Luzes brilhavam em seus conveses, em suas escotilhas. E a mesma voz gritou de lá:

— É o nosso passageiro?

— É — gritei.

A tripulação estivera obviamente alvoroçada. Eu podia ouvi-los correndo de um lado para outro. O moderno espírito de pressa transpareceu ruidosamente nas ordens para "suspender o ferro" e "baixar a escada lateral" e nos pedidos urgentes que me eram feitos:

— Vamos, senhor! Já nos atrasamos três horas por sua causa... Nosso horário é às sete, o senhor sabe!

Pisei no convés. Respondi:

— Não! Eu não sei.

O espírito da pressa moderna estava encarnado num homem magro, de braços e pernas compridos, com uma barda grisalha bem aparada. Sua mão magra era quente e seca. Ele declarou febrilmente:

— Nem que me enforcassem eu o teria esperado por mais cinco minutos, com ou sem capitão do porto.

— Isso é assunto seu — respondi. — Não lhes pedi para me esperar.

— Espero que não esteja contando com nenhum jantar — ele explodiu. — Isto não é uma pensão flutuante. Você é o primeiro passageiro que já tive em minha vida e espero em Deus que seja o último.

Não dei nenhuma resposta a esta hospitaleira comunicação e, de fato, ele não esperou nenhuma, afastando-se para seu passadiço para pôr sua embarcação a caminho.

Nos três dias em que me teve a bordo ele não se afastou dessa atitude quase hostil. Sua embarcação tendo sido atrasada três horas por minha causa, não podia me perdoar por não ser uma pessoa mais distinta. Não era exatamente franco a esse respeito, mas esse sentimento de espanto irritado estava perpetuamente surgindo em sua fala.

Ele era absurdo.

Era também um homem de muita experiência, a qual gostava de exibir; mas teria sido impossível imaginar um maior contraste com o capitão Giles. Ele teria me divertido se eu tivesse querido me divertir. Mas eu não queria me divertir. Eu era como um amante à espera de um encontro. A hostilidade humana não era nada para mim. Pensava em meu navio desconhecido. Ele era diversão suficiente, tormento suficiente, ocupação suficiente.

Ele percebia o meu estado, pois era perspicaz o bastante para isso, e troçou da minha preocupação da maneira que alguns velhos maldosos, cínicos, assumem em relação aos sonhos e ilusões dos jovens. Eu, de minha parte, abstive-me de lhe fazer perguntas sobre a aparência de meu navio, embora soubesse que, estando em Bangkok de quinze em quinze dias, aproximadamente, ele devia conhecê-lo de vista. Eu não iria expor meu navio a alguma referência desdenhosa.

Ele foi o primeiro homem realmente antipático com que já entrei em contato. Minha educação estava longe de estar concluída, embora eu não soubesse disso. Não. Eu não sabia disso.

Tudo que eu sabia era que ele não gostava de mim e tinha algum desprezo por minha pessoa. Por quê? Aparentemente porque seu navio sofrera um atraso de três horas por minha causa. Quem era eu para ser objeto de tal deferência? Semelhante coisa nunca fora feita por ele. Era uma espécie de indignação ciumenta.

Minha expectativa, misturada com medo, foi levada à sua máxima intensidade. Como tinham sido lentos os dias da passagem e como tinham terminado cedo. Uma manhã, cedo, cruzamos a barra, e enquanto o sol se elevava esplendidamente sobre os espaços planos da terra nós fumegamos por inúmeras curvas, passamos sob a sombra do grande pagode dourado, e alcançamos as imediações da cidade.

Lá estava ela, amplamente espalhada nas duas margens, a capital oriental que ainda não tinha tolerado nenhum conquistador branco, uma extensão de casas de bambu marrom, de esteiras, de folhas, de um estilo de arquitetura à base de vegetais, nascido do solo marrom às margens do rio lamacento. Era incrível pensar que naqueles quilômetros de habitações humanas não havia provavelmente três quilos de pregos. Algumas daquelas casas de gravetos e capim, como os ninhos de alguma espécie aquática, agarravam-se às margens baixas. Outras pareciam crescer a partir da água, outras ainda flutuavam em longas fileiras ancoradas bem no meio da correnteza. Aqui e ali na distância, acima do amontoado de cumeeiras baixas e marrons, erguiam-se enormes estruturas de alvenaria, palácio real, templos, belos e dilapidados, desmoronando sob a luz vertical do sol, tremenda, opressora, quase palpável, que parecia nos entrar no peito a com a inspiração de nossas narinas e impregnar nossos membros através de cada poro de nossa pele.

A ridícula vítima de ciúme teve de parar seus motores por uma ou outra razão justo naquele momento. O vapor flutuou devagar com a maré. Alheio a meu novo ambiente, andei pelo convés, em ansiosa e mortificada abstração, uma mistura de devaneio romântico com um levantamento muito prático de minhas qualificações. Pois estava se aproximando o momento em que eu deveria contemplar meu comando e provar meu valor no teste supremo de minha profissão.

De repente eu me ouvi ser chamado por aquele imbecil. Ele me chamava para que eu subisse ao seu passadiço.

Não dei muita importância a isso, mas como pareceu que ele tinha algo de particular a me dizer, subi a escada.

Ele pousou a mão no meu ombro e me girou um pouco, apontando seu outro braço ao mesmo tempo.

— Lá! Aquele é o seu navio, capitão — ele disse.

Senti um golpe em meu peito — apenas um, como se meu coração tivesse parado de bater. Havia dez ou mais navios atracados ao longo da margem, e aquele a que ele se referia estava parcialmente escondido de minha visão pela embarcação vizinha. Ele disse:

— Vamos passar ao lado dele daqui a um momento.

Qual era seu tom? Zombeteiro? Ameaçador? Ou apenas indiferente? Eu não saberia dizer. Suspeitei de alguma malícia nessa inesperada manifestação de interesse.

Ele me deixou, e eu me debrucei sobre o corrimão do passadiço, olhando para o lado. Não ousei erguer os olhos. Contudo isso tinha de ser feito — e, de fato, eu não teria podido evitar. Acredito que eu tremia.

Assim que meus olhos pousaram em meu navio, todo o meu medo desapareceu. Sumiu rapidamente, como um sonho ruim. Só que um sonho não deixa nenhuma vergonha atrás de si, e senti uma vergonha momentânea de minha indigna desconfiança.

Sim, lá estava ele. Seu casco, seu cordame encheram meus olhos com um grande contentamento. Aquele sentimento de vida vazia que me deixara tão desassossegado nos últimos meses perdeu sua amarga plausibilidade, sua influência nociva, dissolvidas num fluxo de emoção alegre.

À primeira vista, vi que era uma embarcação de alta classe, uma criatura harmoniosa nas linhas de seu belo corpo, na altura bem proporcionada de seus mastros. Fosse qual fosse sua idade e sua história, ela havia preservado o selo de sua origem. Era uma daquelas embarcações que, em virtude de seu desenho e completo acabamento, nunca pareceriam velhas. Entre seus companheiros ancorados na margem, e todos maiores do que ela, parecia uma criatura de estirpe superior: um corcel árabe numa fileira de cavalos de carroça.

Uma voz atrás de mim disse num desagradável tom de equívoco:
— Espero que você esteja satisfeito com ela, capitão.

Nem sequer virei minha cabeça. Era o comandante do vapor, e fosse o que fosse que ele queria dizer, fosse o que fosse que ele pensava da minha embarcação, eu sabia que, como algumas raras mulheres, ela era uma daquelas criaturas cuja mera existência é suficiente para despertar um deleite desinteressado. Sentimos que é bom estar no mundo em que ela existe.

Essa ilusão de vida e caráter que encanta nas mais belas obras do homem irradiava do navio. Uma enorme viga de teca oscilava sobre sua escotilha; matéria sem vida, parecendo mais pesada e maior que qualquer coisa a bordo dele. Quando começaram a abaixá-la o movimento da talha fez a embarcação vibrar da linha d'água às borlas graças aos finos nervos de seu cordame, como se ela tivesse estremecido sob o peso. Parecia cruel carregá-la dessa maneira...

Meia hora depois, pondo meu pé em seu convés pela primeira vez, tive uma profunda sensação de satisfação física. Nada poderia se igualar à plenitude daquele momento, a completude ideal daquela experiência emocional que chegara a mim sem o esforço preliminar e os desencantamentos de uma carreira obscura.

Meu olhar rápido correu sobre a embarcação, envolveu-a, apropriou-se da forma que concretizava o sentimento abstrato de meu comando. Uma profusão de detalhes perceptíveis para um marujo chamou a minha atenção vividamente naquele instante. Quanto ao resto, eu a vi desvinculada das condições materiais de sua existência. A margem a que ela estava ancorada parecia não existir. O que eram para mim todos os países do globo? Em todas as partes do mundo banhadas por águas navegáveis a relação entre nós dois seria a mesma — e mais íntima do que há na linguagem palavras para expressar. Afora isso, cada cena e episódio seria um mero espetáculo passageiro. O próprio bando de cules amarelos ocupados em volta da escotilha principal era menos substancial do que a matéria de que são feitos os sonhos. Pois quem no mundo iria sonhar com chineses?...

Fui à popa, subi no tombadilho, onde, debaixo do toldo, reluziam os detalhes de latão dos equipamentos semelhantes aos dos iates, as superfícies polidas dos corrimãos, o vidro das claraboias. Bem à popa dois marujos, ocupados limpando o leme, que refletia ondulações de luz a correr alegremente pelas suas costas curvadas, continuavam com seu trabalho, alheios a mim e ao olhar quase afetuoso que lhes lancei ao passar rumo à escada do tombadilho da cabine.

As portas estavam escancaradas, a escotilha toda aberta. A curva da escada cortava a vista da antecâmara. Um leve zunido vinha de baixo, mas parou abruptamente ao som dos meus passos descendo.

3

A primeira coisa que vi lá embaixo foi a parte superior do corpo de um homem projetando-se para trás, por assim dizer, de uma das portas no pé das escadas. Seus olhos olhavam para mim, arregalados e parados. Numa mão ele segurava um prato de jantar, na outra, um pano.

— Sou seu novo capitão — eu disse calmamente.

No instante seguinte, num piscar de olhos, ele tinha se livrado do prato e do pano e pulado para abrir a porta da sala de jantar. Assim que entrei ele desapareceu, mas apenas para reaparecer logo depois, abotoando um paletó que vestira com a rapidez de um mágico.

— Onde está o imediato? — perguntei.

— No porão, eu creio, senhor. Eu o vi descer a escotilha da ré dez minutos atrás.

— Diga a ele que estou a bordo.

A mesa de mogno sob a claraboia brilhava no crepúsculo como uma poça escura de água. O aparador, sobre o qual se via um largo espelho numa moldura de ouropel, tinha um tampo de mármore.

Sobre ele havia um par de lâmpadas banhadas de prata e algumas outras peças — obviamente uma exibição para o porto. O próprio salão era forrado com dois tipos de lambris no estilo excelente e simples que prevalecia quando o navio foi construído.

Sentei-me na poltrona à cabeceira: a cadeira do capitão, com uma pequena bússola reveladora pendurada acima dela — um lembrete silencioso de incessante vigilância.

Uma sucessão de homens tinha sentado naquela cadeira. Tomei consciência desse pensamento de repente, vividamente, como se cada um tivesse deixado um pouco de si mesmo entre as quatro paredes daqueles tabiques adornados; como se uma espécie de alma compósita, a alma do comando, tivesse sussurrado à minha, de súbito, histórias de longos dias no mar e de momentos ansiosos.

"Você também!", ela parecia dizer, "você também experimentará aquela paz e aquela inquietação numa intimidade perscrutadora com seu próprio ser... obscuras como nós fomos e tão supremas em face de todos os ventos e todos os mares, numa imensidão que não recebe nenhuma marca, não preserva nenhuma memória e não guarda nenhum cômputo de vidas".

Lá no fundo da moldura baça de ouropel, na meia-luz quente que o toldo filtrava, vi meu próprio rosto apoiado entre minhas mãos. E olhei de volta para mim mesmo com a perfeita indiferença da distância, mais com curiosidade do que com qualquer outro sentimento, exceto alguma simpatia por este último representante do que para todos os efeitos era uma dinastia, contínua não em sangue, de fato, mas em sua experiência, em seu treinamento, em sua concepção do dever, e na abençoada simplicidade de seu ponto de vista tradicional na vida.

Ocorreu-me que aquele homem silenciosamente atento que eu observava, tanto como se fosse eu mesmo e outra pessoa, não era exatamente uma figura solitária. Ele tinha seu lugar numa linha de homens que eu não conhecia, dos quais nunca ouvira falar; mas que eram moldados pelas mesmas influências, cujas almas em relação à humilde obra de sua vida não tinham nenhum segredo para ele.

Então percebi que havia um outro homem na sala, parado um pouco de lado e olhando atentamente para mim. O imediato. Seu bigode comprido, vermelho, determinava o caráter de sua fisionomia, que me pareceu belicosa de uma maneira (é estranho dizer) horrível.

Por quanto tempo ele estivera ali olhando para mim, avaliando-me em meu estado de devaneio indefeso? Eu teria ficado mais desconcertado se, tendo o relógio encaixado no alto da moldura do espelho bem na minha frente, não tivesse percebido que seu ponteiro grande mal tinha se movido.

Eu não poderia ter passado mais de dois minutos naquela cabine no total. Digamos três... Portanto ele não poderia estar me olhando por mais do que uma mera fração de minuto, felizmente. Ainda assim, lamentei a ocorrência.

Mas não demonstrei nada disso quando me levantei lentamente (tinha de ser lentamente) e o cumprimentei com perfeita afabilidade.

Havia alguma coisa de relutante e, ao mesmo tempo, alerta em sua conduta. Seu nome era Burns. Deixamos o camarote e percorremos o navio juntos. Seu rosto na plena luz do dia parecia muito pálido, magro, até desfigurado. De algum modo eu tinha uma delicadeza quanto a olhar com demasiada frequência para ele; seus olhos, ao contrário, permaneciam quase grudados no meu rosto. Eles eram esverdeados e tinham uma expressão de expectativa.

Ele respondeu a todas as minhas perguntas bastante prontamente, mas meus ouvidos pareceram captar um tom de relutância. O segundo imediato, com outros três ou quatro membros da tripulação, estava ocupado mais à frente. O imediato mencionou o nome dele e fiz um aceno de cabeça ao passar. Era muito jovem. Pareceu-me um garoto.

Quando voltamos para baixo, sentei-me numa ponta de um fundo sofá semicircular, ou melhor, semioval, estofado com pelúcia vermelha. Ele se estendia por todo o fundo do restaurante. O sr. Burns fez menção de sentar, caiu sobre uma das cadeiras giratórias em torno da mesa e manteve os olhos fixos em mim com a mesma persistência de sempre, e com aquele ar estranho, como se tudo aquilo fosse faz de conta e ele esperasse que eu fosse me levantar, cair na gargalhada, dar-lhe um tapa nas costas e desaparecer da cabine.

Havia uma estranha tensão na situação que começava a me deixar ansioso. Tentei reagir contra esse sentimento vago.

"É só minha inexperiência", pensei.

No rosto daquele homem, que julguei ser vários anos mais velho que eu, dei-me conta do que já deixara atrás de mim: minha juventude. E isso era realmente um pobre consolo. A juventude é uma coisa excelente, um enorme poder — contanto que não pensemos nela. Senti que estava me tornando consciente de mim mesmo. Quase contra a minha vontade, assumi uma gravidade taciturna. Disse:

— Vejo que manteve o navio em ótimas condições, sr. Burns.

Mal pronunciei estas palavras, perguntei a mim mesmo com irritação por que cargas-d'água tinha dito isso. Em resposta o sr. Burns apenas piscou para mim. Que diabos ele queria dizer?

Retornei a uma pergunta que vinha ocupando meus pensamentos havia um longo tempo — a questão mais natural nos lábios de qualquer marinheiro que ingressa num navio. Eu a verbalizei (maldito constrangimento) num tom alegre e indiferente:

— Suponho que ele pode fazer... quanto?

Ora, uma pergunta como essa poderia ter sido respondida normalmente, seja num tom de desconsolado pesar ou com um orgulho visivelmente contido, num tom de "não quero me gabar, mas o senhor verá". Há marinheiros, também, que teriam sido rudemente francos: "Um bruto preguiçoso", ou abertamente encantados: "Ele voa". Dois caminhos, embora quatro maneiras.

Mas o sr. Burns encontrou um outro caminho, um caminho dele próprio que, de qualquer modo, teve o mérito de lhe poupar o fôlego, ainda que só o dele.

Novamente não disse nada. Apenas franziu a testa. E o fez com raiva. Esperei. Não veio mais nada.

— Qual é o problema?... Não pode me dizer após passar quase dois anos no navio? — interpelei-o rispidamente.

Ele pareceu sobressaltado por um momento, como se tivesse descoberto minha presença apenas naquele exato momento. Mas isso passou quase de imediato. Ele adotou um ar de indiferença. Mas suponho que achou melhor dizer alguma coisa. Disse que um navio, tal qual um homem, precisava de chance para mostrar o melhor que podia fazer, e que aquele navio nunca tivera uma chance desde que ele estava a bordo. Não que ele pudesse lembrar. O último capitão... Fez uma pausa.

— Ele foi assim tão azarado? — perguntei com franca incredulidade. O sr. Burns desviou os olhos de mim. Não, o último capitão não era um homem azarado. Não se podia dizer isso. Mas não parecia querer fazer uso de sua sorte.

O sr. Burns — homem de humores enigmáticos — fez esta afirmação com um semblante inanimado e olhando deliberadamente para a caixa do leme. A própria afirmação era obscuramente sugestiva. Perguntei calmamente:

— Onde ele morreu?

— Nesta cabine. Exatamente onde o senhor está sentado agora — respondeu o sr. Burns.

Reprimi um tolo impulso de dar um pulo; mas no todo estava aliviado por ouvir que ele não tinha morrido na cama que agora seria minha. Salientei para o imediato que o que eu realmente queria saber era onde ele enterrara seu falecido capitão.

O sr. Burns disse que fora na entrada do Golfo. Um túmulo espaçoso; uma resposta suficiente. Mas o imediato, superando visivelmente algo dentro de si — uma espécie de curiosa relutância em acreditar em minha chegada (como um fato irreversível, pelo menos), não parou por aí — embora, de fato, possa ter desejado fazê-lo.

Numa concessão aos seus sentimentos, eu creio, ele se voltava persistentemente para a caixa do leme, de modo que para mim dava a impressão de um homem que fala sozinho, um pouco inconscientemente, contudo.

Sua história foi que às sete badaladas do turno da manhã ele juntara todos os homens na tolda e dissera-lhes que era melhor irem dar adeus ao capitão.

Essas palavras, como se concedidas de má vontade a um intruso, foram suficientes para me fazer evocar vividamente aquela estranha cerimônia: os marinheiros descalços e de cabeça descoberta se aglomerando timidamente naquela cabine, uma pequena multidão apertada contra aquele aparador, mais constrangida que comovida, camisas abertas sobre peitos queimados de sol, rostos castigados pelo tempo, e todos fitando o moribundo com a mesma expressão grave e expectante.

— Ele estava consciente? — perguntei.

— Não falou, mas moveu os olhos para olhar para eles — disse o imediato.

Após esperar um momento, o sr. Burns fez um gesto para que a tripulação saísse da cabine, mas deteve os dois homens mais velhos para que ficassem com o capitão enquanto ele ia ao convés com seu sextante para "medir o sol". Já era quase meio-dia e ele estava ansioso para obter uma boa medição da latitude. Quando voltou a descer para guardar seu sextante, percebeu que os dois homens tinham se retirado para o saguão. Através da porta aberta ele teve uma visão do capitão deitado tranquilo sobre os travesseiros. Ele tinha "falecido" enquanto o sr. Burns fazia sua observação. Tão perto do meio-dia quanto possível. O homem mal se mexera.

O sr. Burns suspirou, olhou para mim inquisitivamente, como se perguntasse "O senhor ainda não foi embora?", e depois voltou seus pensamentos de seu novo capitão para o antigo, que, estando morto, não tinha nenhuma autoridade, não estava no caminho de ninguém, e era uma pessoa com quem era muito mais fácil lidar.

O sr. Burns lidou com ele por bastante tempo. Era um homem peculiar — de cerca de 65 anos — grisalho, com um semblante duro, obstinado e pouco comunicativo. Costumava manter o navio à deriva no mar por razões inescrutáveis. Aparecia no convés à noite, às vezes, mandava recolher algumas velas, só Deus sabe para quê, depois descia, trancava-se em seu camarote e passava horas tocando violino — até o raiar do dia talvez. De fato, passava a maior parte de seu tempo, dia ou noite, tocando violino. Isso era quando ele tinha o ataque. E num volume altíssimo ainda por cima.

Chegou a um ponto em que o sr. Burns reuniu coragem um dia e fez sérias reclamações ao capitão. Nem ele nem o segundo imediato conseguiam pregar o olho em suas vigílias embaixo por causa do barulho... E como era possível esperar que se mantivessem acordados quando em serviço? Foi o argumento. A resposta daquele homem austero foi que se ele e o segundo imediato não gostavam de barulho, nada os impedia de fazer as malas e desembarcar. Quando essa alternativa foi oferecida, o navio calhava de estar a cerca de novecentos quilômetros da costa mais próxima.

Nesse ponto o sr. Burns olhou para mim com um ar de curiosidade. Comecei a pensar que meu predecessor era um velho extremamente peculiar.

Mas eu ainda tinha de ouvir coisas mais estranhas. Veio à tona que esse marinheiro severo, cruel, curtido pelo vento, rude, salgado pelo mar e taciturno de 65 anos era não só um artista, mas também um amante. Em Haiphong, quando eles chegaram lá após uma série de peregrinações extremamente improdutivas (durante as quais o navio quase foi perdido duas vezes), o capitão tinha, nas palavras do próprio sr. Burns, "se engraçado" com uma mulher. O sr. Burns não tivera nenhum conhecimento pessoal desse caso, mas existia uma evidência positiva dele na forma de uma fotografia tirada em Haiphong. O sr. Burns a encontrara numa das gavetas do quarto do capitão.

No devido tempo, também vi esse espantoso documento humano (mais tarde inclusive joguei-o no mar). Lá estava ele, as mãos sobre os joelhos, calvo, atarracado, grisalho, hirsuto, lembrando de certo modo um javali; e ao seu lado erguia-se uma horrível mulher branca, madura, com narinas vorazes e uma expressão nefasta e barata em seus olhos enormes. Ela estava disfarçada numa vulgar fantasia semioriental. Parecia uma médium de classe baixa ou uma dessas mulheres que leem a sorte nas cartas por meia coroa. E, no entanto, ela era impressionante. Uma feiticeira profissional saída da miséria. Era incompreensível. Havia algo de horrível na ideia de que ela fora o último reflexo do mundo da paixão para a alma feroz que parecia olhar para o outro a partir da face sardonicamente selvagem daquele velho marujo. No entanto, notei que ela segurava um instrumento musical — guitarra ou bandolim — na mão. Talvez esse fosse o segredo de seu sortilégio.

Para o sr. Burns, essa fotografia explicava por que o navio já descarregado tinha se mantido ancorado por três semanas no calor pestilento de um porto sufocante. Os homens nada faziam senão arfar. O capitão, aparecendo de vez em quando para breves visitas, rosnava para o sr. Burns histórias improváveis sobre algumas cartas que estaria esperando.

De repente, após sumir por uma semana, ele apareceu a bordo no meio da noite e zarpou com o primeiro despontar da aurora. A luz do dia mostrou-o parecendo enlouquecido e doente. Apenas para se afastar da terra foram necessários dois dias, e de uma maneira ou de outra eles bateram de leve num recife. Contudo, nenhum vazamento se desenvolveu, e o capitão, rosnando "não importa", informou ao sr. Burns que tomara a decisão de levar o navio para Hong Kong para uma doca seca.

Ao ouvir aquilo o sr. Burns mergulhou em desespero. Pois de fato, rumar para Hong Kong contra uma feroz monção, com um navio sem lastro suficiente e com seu suprimento de água não completo era um projeto insano.

Mas o capitão rosnou peremptoriamente, "Ponha o navio no rumo", e o sr. Burns, consternado e enraivecido, pôs o navio no rumo, e o manteve no rumo, destruindo velas, forçando a mastreação, exaurindo a tripulação — quase enlouquecido pela absoluta convicção de que a tentativa era impossível e estava fadada a terminar em alguma catástrofe.

Enquanto isso, o capitão, encerrado em sua cabine e metido num canto de seu sofá para se proteger contra o louco jogo do navio, tocava o violino — ou fazia um barulho contínuo com ele.

Quando ele aparecia no convés, não falava, e nem sempre respondia quando lhe falavam. Era óbvio que estava doente de alguma maneira misteriosa, e começando a se desintegrar.

Com o passar dos dias os sons do violino tornaram-se cada vez menos altos, até que finalmente só um fraco arranhão chegava ao ouvido do sr. Burns quando ele se postava na câmara principal, ouvindo junto à porta da cabine do capitão.

Uma tarde, em completo desespero, ele irrompeu dentro daquele quarto e fez tamanha cena, puxando seu cabelo e gritando imprecações tão horríveis que intimidou o espírito do homem doente. Os tanques de água estavam baixos, eles não tinham feito nem oitenta quilômetros em uma quinzena. O navio jamais chegaria a Hong Kong.

Era como lutar desesperadamente em prol da destruição do navio e dos homens. Isso era evidente e não havia dúvidas. O sr. Burns, perdendo todo o controle, pôs seu rosto perto do de seu capitão e quase gritou:

— O senhor está indo embora do mundo. Mas eu não posso esperar até que esteja morto antes de levantar o leme. O senhor mesmo deve fazer isso. Deve fazer isso agora.

O homem no sofá respondeu com um rosnado desdenhoso.

— Então eu estou indo embora do mundo, estou?

— Sim, senhor. Não lhe restam muitos dias nele — disse o sr. Burns, acalmando-se. — Pode-se ver isso pelo seu rosto.

— Meu rosto, é?... Bem, levante o leme e que o diabo o carregue.

Burns subiu correndo ao convés, pôs o navio à frente do vento, depois desceu de novo, sereno, porém decidido.

— Determinei um curso para *Pulo Condor*, senhor — disse ele. — Quando chegarmos lá, se o senhor ainda estiver conosco, vai me dizer para que porto deseja que eu leve o navio e eu o farei.

O velho lançou-lhe um olhar de selvagem despeito, e disse essas palavras atrozes num tom implacável, vagaroso:

— Se o meu desejo fosse atendido, nem o navio nem nenhum de vocês jamais chegaria a um porto. E espero que você não chegue.

O sr. Burns ficou profundamente chocado. Acredito que se sentiu decididamente amedrontado nesse momento. Parece, contudo, que conseguiu produzir uma risada tão impressionante que foi a vez de o velho ficar amedrontado. Ele se encolheu dentro de si mesmo e deu as costas ao imediato.

— E nessa altura ele ainda não tinha perdido a cabeça — o sr. Burns me assegurou alvoroçado. — Queria dizer cada palavra que pronunciou.

"Esse foi praticamente o último discurso do falecido capitão. Nenhuma frase articulada passou pelos seus lábios depois disso. Nessa noite, ele usou a última força que lhe restava para jogar seu violino ao mar. Ninguém o vira realmente no ato, mas depois de sua morte o sr. Burns não conseguiu encontrar a coisa em lugar nenhum. O estojo vazio estava muito em evidência, mas o violino claramente não estava no navio. E para onde mais teria ido, senão para o mar?"

— Jogou seu violino à agua! — exclamei.

— Fez isso — exclamou o sr. Burns excitado. — E é minha crença que teria tentado afundar o navio junto consigo se isso estivesse ao alcance do poder humano. Ele nunca quis que a embarcação voltasse para casa. Não escrevia para seus proprietários, nunca escreveu para sua mulher, tampouco... não iria fazê-lo. Tinha tomado a decisão de cortar todos os vínculos. Era isso. Não se importava com negócios, com os fretes, ou com as passagens... ou coisa nenhuma. Ele pretendia deixar o navio à deriva pelo mundo afora até que o perdesse junto com toda a tripulação.

O sr. Burns parecia um homem que tinha escapado de um grande perigo. Por pouco ele teria exclamado "Se não tivesse sido por mim!". E a inocência transparente de seus olhos indignados era singularmente sublinhada pelo arrogante par de bigodes que ele passou a torcer, e como que estender, na horizontal.

Eu poderia ter sorrido, se não estivesse ocupado com minhas próprias sensações, que não eram as do sr. Burns. Eu já era o homem no comando. Minhas sensações não podiam ser semelhantes às de nenhum outro homem a bordo. Naquela comunidade eu ficava, como um rei em seu país, numa classe unicamente minha. Refiro-me a um rei hereditário, não o mero chefe eleito de um Estado. Eu tinha sido levado lá para reinar por uma agência tão afastada das pessoas e quase tão inescrutável para elas quanto a Graça de Deus.

E como um membro de uma dinastia, sentindo um vínculo semimístico com os mortos, eu estava profundamente chocado com meu predecessor imediato.

Esse homem tinha sido em todos os aspectos essenciais, exceto sua idade, apenas mais um homem como eu mesmo. No entanto o fim de sua vida era um completo ato de traição, a traição de uma tradição que me parecia tão imperativa quanto qualquer guia na terra poderia ser. Revelava-se que até no mar um homem pode ser vítima de espíritos malignos. Senti em meu rosto o sopro dos poderes desconhecidos que moldam nossos destinos.

Para não deixar o silêncio durar demais, perguntei ao sr. Burns se ele tinha escrito para a esposa do capitão. Ele sacudiu a cabeça. Não tinha escrito para ninguém.

Num instante ele se tornou sombrio. Nunca pensara em escrever. Tivera todo o seu tempo tomado pela vigilância incessante do carregamento do navio por um estivador chinês trapaceiro. Nisso o sr. Burns me deu o primeiro vislumbre da verdadeira alma do imediato que habitava ansiosamente o seu corpo.

Ele matutou, depois se precipitou com lúgubre força.

— Sim! O capitão morreu tão perto do meio-dia quanto possível. Examinei seus papéis à tarde. Encomendei seu corpo ao pôr do sol e em seguida aproei o navio ao norte e o trouxe até aqui. Eu... o trouxe... aqui.

Bateu o punho na mesa.

— Ele dificilmente poderia ter vindo sozinho — observei. — Mas por que não foi em vez disso para Cingapura?

Seus olhos hesitaram.

— O porto mais próximo — murmurou ele sombriamente.

Eu tinha formulado a pergunta em perfeita inocência, mas sua resposta (a diferença em distância era insignificante) e seu jeito me ofereceram uma pista da simples verdade. Ele levou o navio para onde esperava ser confirmado em seu comando temporário por falta de um comandante qualificado para pôr acima de sua cabeça. Ao passo que Cingapura, ele supunha, com razão, estaria cheia de homens qualificados. Mas seu ingênuo raciocínio esquecia de levar em conta o cabo do telégrafo que repousava no fundo do próprio Golfo por onde ele havia conduzido aquele navio que imaginava ter salvado da destruição. Daí o sabor amargo de nossa entrevista. Eu o sentia cada vez mais claramente — e ele me agradava cada vez menos.

— Escute aqui, sr. Burns — comecei com muita firmeza. — É melhor o senhor compreender que não corri atrás desse comando. Ele foi empurrado na minha direção. Eu o aceitei. Estou aqui para levar o navio para casa antes de mais nada, e o senhor pode ter certeza de que vou fazer com que cada um dos homens a bordo cumpra seu dever para esse fim. Isto é tudo que tenho a dizer; por enquanto.

Ele estava de pé nessa altura, mas em vez de se despedir continuou ali com lábios trêmulos, indignados, e olhando para mim com dureza como se, realmente, depois disso, não me restasse nada de decente a fazer senão desaparecer de sua vista ultrajada. Como todos os estados emocionais muito simples, esse era comovente. Senti pena dele — fui quase solidário, até que (vendo que eu não desaparecia) ele falou num tom de forçada contenção.

— Se eu não tivesse mulher e um filho em casa, pode ter certeza, senhor, de que lhe teria pedido dispensa no instante em que embarcou.

Respondi com uma calma tranquila como se estivéssemos tratando de uma remota terceira pessoa.

— E eu, sr. Burns, não o teria deixado partir. O senhor assinou a matrícula como imediato e, até que ela se encerre no porto final de descarga, esperarei que o senhor cumpra seus deveres e me dê o benefício de sua experiência segundo sua melhor capacidade.

Uma incredulidade pétrea se demorava em seus olhos: mas ela se rompeu diante de minha atitude amistosa. Com um leve erguer de seus braços (vim a conhecer bem esse gesto mais tarde) ele saiu correndo da cabine.

Poderíamos ter nos poupado desse pequeno episódio de discussão inofensiva. Antes que muitos dias se passassem, era o sr. Burns que estava me suplicando ansiosamente que não o deixasse para trás; enquanto eu podia apenas lhe devolver respostas dúbias. A coisa toda assumiu um aspecto algo trágico.

E esse horrível problema foi apenas um episódio irrelevante, uma mera complicação no problema geral de como levar aquele navio — que era meu com seu equipamento e seus homens, com seu corpo e seu espírito que agora dormiam naquele rio pestilento — até o mar.

O sr. Burns, enquanto ainda capitão em exercício, tinha se apressado em assinar uma carta de fretamento que num mundo ideal, sem fraude, teria sido um excelente documento. Assim que corri os olhos por ele, antevi problemas à frente, a menos que as pessoas da outra parte fossem excepcionalmente justas e abertas à discussão.

O sr. Burns, a quem comuniquei meus temores, optou por se ressentir profundamente com eles. Fitou-me com aquele usual olhar incrédulo e disse amargamente:

— Suponho, senhor, que quer insinuar que agi como um tolo?

Respondi-lhe, com a gentileza sistemática que sempre parecia aumentar sua surpresa, que não queria insinuar nada. Deixaria isso a cargo do futuro.

E, efetivamente, o futuro trouxe muitos problemas. Houve dias em que me lembrava do capitão Giles com nada menos que repulsa. Sua abominável perspicácia tinha me levado para aquele emprego; enquanto sua profecia de que eu "teria minhas mãos cheias", tornando-se verdadeira, fez com que ela parecesse feita de propósito para pregar uma piada de mau gosto em minha inocência juvenil.

Sim, eu estava com as mãos cheias de complicações extremamente valiosas como "experiência". As pessoas dão grande valor às vantagens da experiência. Em situações como aquela, porém, experiência significa sempre algo desagradável em contraposição ao encanto e à inocência de ilusões.

Devo dizer que estava perdendo as minhas rapidamente. Mas sobre essas instrutivas complicações não devo ir muito além de dizer que elas podiam ser todas resumidas numa única palavra: atraso.

Uma humanidade que inventou o provérbio "tempo é dinheiro" compreenderá minha amolação. A palavra "atraso" entrava na câmara secreta de meu cérebro, ressoava ali como um repicar de sino que enlouquece o ouvido, afetava todos os meus sentidos, assumia uma cor cinzenta, um gosto amargo, um significado mortal.

— Sinto muito vê-lo assim tão preocupado. Realmente sinto...

Estas foram as únicas palavras humanas que ouvi naquela época. E elas vieram de um médico, muito apropriadamente.

Um médico é humano por definição. Mas aquele de fato o era. Sua fala não era profissional. Eu não estava doente. Mas outras pessoas estavam, e essa foi a razão pela qual ele visitou o navio.

Ele era o médico de nossa legação e, é claro, do consulado também. Cuidava da saúde do navio, que em geral era precária, tremendo, por assim dizer, à beira de um colapso. Sim. Os homens ficavam doentes. E assim o tempo era não só dinheiro, mas vida também.

Eu nunca vira uma tripulação tão comedida. Como o médico comentou comigo:

— O senhor parece ter um conjunto de homens extremamente respeitáveis.

Não só eles estavam sempre sóbrios, mas nem sequer queriam desembarcar. Precauções foram tomadas para expô-los o menos possível ao sol. Eles se ocupavam de trabalhos leves sob os toldos. E o médico humano me elogiou.

— Seus arranjos me parecem ter sido muito judiciosos, meu caro capitão.

É difícil expressar o quanto essa declaração me confortou. O rosto redondo e cheio do médico, emoldurado por suíças de cor clara era a perfeição de uma digna delicadeza. Ele era o único ser humano no mundo que parecia ter o mais leve interesse por mim. Costumava passar meia hora sentado na cabine a cada visita.

Um dia, eu lhe perguntei:

— Suponho que agora a única coisa a fazer é tomar conta dos homens como o senhor vem fazendo até que eu possa chegar ao mar?

Ele inclinou a cabeça, fechando os olhos sob os grandes óculos, e murmurou:

— O mar... sem dúvida.

O primeiro membro da tripulação a passar mal foi o administrador — o primeiro homem com quem eu falara a bordo. Ele foi levado para a terra (com sintomas de cólera) e lá morreu ao fim de uma semana. Depois, enquanto eu ainda estava sob a alarmante impressão desse primeiro golpe do clima, o sr. Burns se rendeu e foi para a cama ardendo de febre sem dizer uma palavra a ninguém.

Acredito que essa doença foi causada em parte pelo ressentimento; o clima fez o resto com a rapidez de um monstro invisível emboscado no ar, na água, na lama da margem do rio. O sr. Burns era uma vítima predestinada.

Eu o descobri deitado de costas, olhando soturnamente e irradiando calor como uma pequena fornalha. Ele mal se dispôs a responder às minhas perguntas, e só resmungava. Será que um homem com forte dor de cabeça não podia tirar uma tarde de folga... para variar?

Naquela noite, quando fiquei sentado no restaurante depois do jantar, pude ouvi-lo resmungando continuamente em seu quarto. Ransome, que estava tirando a mesa, me disse:

— Receio, senhor, que não serei capaz de dar ao imediato toda a atenção de que provavelmente vai precisar. Vou precisar passar lá na frente, na cozinha, grande parte de meu tempo.

Ransome era o cozinheiro. O imediato o apontara para mim no primeiro dia, de pé no convés, os braços cruzados sobre o peito largo, contemplando o rio.

Mesmo à distância sua figura bem proporcionada, com algo de inteiramente marinheiro em sua postura, o tornava digno de atenção. Mais de perto, os olhos inteligentes, calmos, um rosto bem educado e a independência disciplinada de suas maneiras compunham uma personalidade atraente. Quando, além disso, o sr. Burns me disse que ele era o melhor marinheiro no navio, expressei minha surpresa de que na flor da idade e com tal aparência ele tivesse se matriculado como cozinheiro de um navio.

— É o seu coração — dissera o sr. Burns. — Há algo de errado com ele. Ransome não deve fazer muito esforço, sob pena de cair morto de repente.

E ele foi o único que o clima não afetara — talvez porque, carregando um inimigo mortal em seu peito, tivesse aprendido a exercer um controle sistemático de suas emoções e movimentos. Quando se conhecia esse segredo, ele era visível em seus modos. Depois que o pobre administrador morreu, e como ele não podia ser substituído por um homem branco naquele porto oriental, Ransome se ofereceu para fazer o trabalho dobrado.

— Posso fazer tudo muito bem, senhor, desde que vá com calma — ele me garantira.

Mas, é claro, não se podia esperar que, além disso, ele cuidasse de doentes. Ademais, o médico ordenara peremptoriamente que o sr. Burns desembarcasse.

Como um marinheiro de cada lado sustentando-o por debaixo dos braços, o imediato atravessou o portaló mais amuado do que nunca. Nós o acomodamos com travesseiros na charrete e ele se esforçou para dizer com a voz entrecortada:

— Agora... o senhor conseguiu... o que queria... me tirou... do navio.

— O senhor nunca esteve mais enganado na sua vida, sr. Burns — eu disse com calma, sorrindo adequadamente para ele; e a charrete partiu para uma espécie de sanatório, um pavilhão de tijolos que o médico tinha no terreno de sua residência.

Visitei o sr. Burns regularmente. Depois dos primeiros dias, em que não conhecia ninguém, ele me recebia como se eu tivesse vindo ou para tripudiar sobre um inimigo ou para ganhar o favor de uma pessoa profundamente enganada. Era uma coisa ou outra, conforme o humor extravagante que o acometesse na doença. Fosse como fosse, ele conseguia transmiti-lo para mim durante o período em que parecia quase fraco demais para falar. Tratei-o com minha invariável gentileza.

Então um dia, de repente, um surto de absoluto pânico irrompeu em meio a toda essa loucura.

Se eu o deixasse para trás naquele lugar fatal, ele morreria. Ele sentia isso, tinha certeza disso. Mas eu não teria coragem de deixá-lo em terra. Tinha mulher e um filho em Sydney.

Ele tirou seus braços emaciados de sob o lençol que o cobria e uniu suas mãos descarnadas. Ele iria morrer! Ele iria morrer ali...

É verdade que ele conseguiu sentar, mas apenas por um momento, e, quando caiu para trás, realmente pensei que iria morrer ali mesmo e naquela hora. Chamei o enfermeiro bengali e saí do quarto às pressas.

No dia seguinte, ele me perturbou completamente renovando suas súplicas. Dei-lhe uma resposta evasiva e deixei-o como a imagem do medonho desespero. Mais um dia à frente, entrei com relutância e ele me atacou de imediato com uma voz muito mais forte e uma abundância de argumentos inteiramente alarmante. Apresentou seu caso com uma espécie de vigor demente, e me perguntou que tal eu acharia ter a morte de um homem na minha consciência. Quis que eu prometesse que não navegaria sem ele.

Eu disse que realmente teria de consultar o médico primeiro. Ele gritou ao ouvir isso. O médico! Nunca! Isso seria uma sentença de morte.

O esforço o exaurira. Ele fechou os olhos, mas continuou divagando em voz baixa. Eu o odiara desde o princípio. O falecido capitão o odiara também. Desejara a sua morte. Desejara a morte de todos os homens...

— O que o senhor pretende ficando com aquele cadáver perverso, senhor? Ele também há de pegá-lo — ele concluiu, piscando seus olhos vidrados inexpressivamente.

— Sr. Burns — exclamei, muito inquieto —, sobre que diabo o senhor está falando?

Ele pareceu voltar a si, embora estivesse fraco demais para se sobressaltar.

— Não sei — respondeu languidamente. — Mas não pergunte àquele médico. O senhor e eu somos marinheiros. Não pergunte a ele, senhor. Algum dia talvez o senhor mesmo terá uma mulher e um filho.

E novamente ele suplicou pela promessa de que eu não o deixaria para trás. Tive a firmeza de não lhe fazer essa promessa. Mais tarde, essa severidade pareceu criminosa; pois minha decisão estava tomada. Aquele homem prostrado, que mal tinha força para respirar, e devastado por um medo passional, era irresistível. Ele, além disso, por acaso escolhera as palavras certas. Ele e eu éramos marinheiros. Era uma alegação considerável, porque eu não tinha nenhuma outra família. Quanto ao argumento da mulher e do filho (algum dia), ele não tinha força nenhuma. Soava meramente bizarro.

Eu não conseguia imaginar nenhum argumento que pudesse ser mais forte e mais cativante que o argumento do navio, desses homens apanhados na armadilha do rio por tolas complicações comerciais, como se numa armadilha venenosa.

Contudo, eu já tinha quase conseguido sair. Chegar ao mar. O mar... que era puro, seguro e amistoso. Mais três dias.

Esse pensamento me sustentou e me transportou em meu caminho de volta ao navio. No restaurante, a voz do médico me saudou, e sua grande forma seguiu sua voz, saindo do camarote sobressalente a estibordo onde a caixa de medicamentos do navio era mantida em segurança presa ao beliche.

Ao descobrir que eu não estava a bordo, ele entrara ali, contou-me, para inspecionar a provisão de remédios, bandagens e assim por diante. Tudo estava completo e em ordem.

Agradeci-lhe. Estivera pensado em lhe pedir para fazer justamente isso, pois dali a uns dois dias, como ele sabia, estávamos indo para o mar, onde todos os nossos problemas de todos os tipos finalmente estariam superados.

Ele ouviu com postura solene e não deu nenhuma resposta. Mas, quando me abri com ele com relação ao sr. Burns, sentou-se ao meu lado e, pousando a mão em meu joelho amigavelmente, rogou-me que pensasse a que eu estava me expondo.

O homem só tinha forças suficiente pera suportar ser movido e mais nada. Mas não poderia suportar um retorno da febre. Eu tinha pela frente uma travessia de talvez sessenta dias, começando com navegação complexa e terminando provavelmente com muito mau tempo. Podia eu correr o risco de enfrentar isso sozinho, sem imediato e com um segundo que era quase um garoto?...

Ele poderia ter acrescentado que era meu primeiro comando também. Provavelmente pensou nesse fato, pois hesitou. Ele estava muito presente na minha mente.

Aconselhou-me seriamente a mandar um telegrama para Cingapura pedindo um imediato, mesmo que isso fosse atrasar a partida por uma semana.

— Nunca — eu disse. O mero pensamento me dava calafrios. Os homens pareciam estar numa forma bastante boa, todos eles, e já era hora de tirá-los dali. Uma vez no mar, eu não tinha medo de enfrentar nada. O mar era agora o único remédio para todos os meus males.

Os óculos do médico estavam dirigidos para mim como duas lâmpadas, buscando a sinceridade de minha resolução. Ele abriu os lábios como se para continuar argumentando, mas fechou-os de novo sem dizer nada. Eu tive uma visão tão vívida do pobre Burns em sua exaustão, desamparo e angústia, que ela me comoveu mais do que a realidade da qual eu saíra apenas uma hora antes. Ela estava expurgada das deficiências de sua personalidade, e não pude resistir-lhe.

— Ouça — eu disse. — A menos que o senhor me diga oficialmente que o homem não dever ser transportado, vou tomar providências para que ele seja trazido para bordo amanhã, e farei o navio sair do rio na manhã seguinte, mesmo que eu tenha de ancorar fora da barra por uns dias para aprontá-lo para o mar.

— Oh! Eu mesmo tomarei todas as providências — respondeu o médico prontamente. — Falei o que falei apenas como um amigo, como alguém que deseja o seu bem e esse tipo de coisa.

Ele se levantou em sua digna simplicidade e me deu um caloroso aperto de mão, bastante solenemente, pensei. Mas cumpriu sua promessa. Quando o sr. Burns apareceu no portaló carregado numa maca, o próprio médico caminhava ao seu lado. O programa tinha sido alterado na medida em que esse transporte tinha sido deixado para o último momento, na própria manhã de nossa partida.

Mal fazia uma hora que o sol nascera. O médico acenou seu braço grande para mim da margem e logo caminhou de volta para sua charrete, que o seguira vazia até a beira do rio. O sr. Burns, quando o carregaram pela tolda, parecia estar completamente sem vida. Ransome desceu para acomodá-lo em seu camarote. Eu tive de continuar no convés para tomar conta do navio, pois o rebocador já tinha pegado o nosso cabo.

O barulho de nossas espias ao caírem na água produziu uma completa mudança de sentimento em mim. Foi como o alívio imperfeito de acordar de um pesadelo. Mas, quando a proa do navio guinou rio abaixo, afastando-se daquela cidade oriental e sórdida, senti falta do júbilo que esperava experimentar nesse momento tão aguardado. O que houve, sem dúvida, foi um relaxamento de tensão que se traduziu numa sensação de fadiga depois de uma luta inglória.

Por volta do meio-dia, ancoramos um quilômetro e meio para fora da barra. A tarde foi de muito trabalho para toda a tripulação. Observando o trabalho da popa, onde permaneci o tempo todo, detectei um pouco do langor das seis semanas passadas no calor sufocante do rio. A primeira brisa haveria de dissipá-lo. Agora a calmaria era completa. Avaliei que o segundo oficial — um jovem inexperiente com um rosto pouco promissor — não era, para dizer o mínimo, daquele estofo de que é feita a mão direita de um comandante. Mas gostei de flagrar, ao longo do convés principal, alguns sorrisos nos semblantes daqueles marujos nos quais eu mal tivera tempo de dar uma boa olhada. Tendo me livrado do fardo mortal dos assuntos da terra, senti-me familiarizado com eles, mas também um pouco estranho, como um andarilho há muito perdido que retorna aos seus.

Ransome borboleteava continuamente de um lado para outro entre a cozinha e a sala de jantar. Era um prazer olhar para ele. O homem era certamente abençoado. Ele era o único de toda a tripulação que não passara um só dia doente no porto. Mas, com o conhecimento daquele coração inquieto em seu peito, eu podia detectar a contenção que ele punha na agilidade própria dos movimentos de um marujo. Era como se tivesse algo muito frágil ou muito explosivo dentro de si e estivesse o tempo todo ciente disso.

Tive oportunidade de me dirigir a ele uma ou duas vezes. Ele me respondeu com sua voz agradável e tranquila e com um sorriso débil, ligeiramente melancólico. O sr. Burns parecia estar descansando. Ele parecia bastante bem acomodado.

Depois do pôr do sol, saí no convés de novo para encontrar apenas um vazio parado. Não era possível distinguir a crosta fina e amorfa da costa. A escuridão se erguera em volta do navio como uma misteriosa emanação das águas mudas e solitárias. Apoiei-me no parapeito e virei meu ouvido para as sombras da noite. Nenhum som. Meu comando teria podido ser um planeta voando vertiginosamente em seu caminho indicado num espaço de infinito silêncio. Agarrei-me ao parapeito como se meu senso de equilíbrio estivesse me abandonando para sempre. Que absurdo. Fracassei nervosamente.

— Ali no convés!

A resposta imediata "Sim, senhor" quebrou o encanto. O vigia da âncora subiu correndo a escada da popa com inteligência. Eu lhe disse para comunicar de imediato o mais leve sinal de brisa chegando.

Ao descer, olhei para o sr. Burns. De fato, eu não podia evitar vê-lo, porque sua porta ficava aberta. O homem estava tão abatido que naquele camarote branco, sob um lençol branco e com sua cabeça diminuída afundada no travesseiro branco, seus bigodes vermelhos capturavam meus olhos exclusivamente, como algo artificial: um par de bigodes de uma loja exibido ali à luz dura da lâmpada da divisória sem um abajur.

Enquanto eu o observava com uma espécie de admiração, ele se impôs abrindo os olhos e até movendo-os na minha direção. Um minúsculo movimento.

— Devagar, sr. Burns — disse eu, resignado.

Com uma voz inesperadamente nítida, o sr. Burns iniciou um discurso divagante. Seu tom era muito estranho, não como se afetado por sua doença, mas como se de uma natureza diferente. Soava sobrenatural. Quanto ao assunto, tive a impressão de entender que ela era culpa do "velho" — o falecido capitão — emboscado lá embaixo sob o mar com alguma má intenção. Era uma história estranha.

Eu a escutei até o fim. Depois, entrando no camarote, pousei a mão na testa do imediato. Estava fria. Ele estava aturdido apenas em razão da extrema fraqueza. De repente, pareceu tomar conhecimento de mim, e com sua própria voz — muito débil, é claro — perguntou, pesarosamente:

— Não há mesmo nenhuma maneira de nos pormos a caminho, senhor?

— De que adiantaria levantar âncora apenas para ficar à deriva, sr. Burns? — respondi.

Ele suspirou, e eu o deixei à sua imobilidade. Sua ligação com a vida era tão tênue quanto sua ligação com a sanidade. Eu estava oprimido por minhas responsabilidades solitárias. Fui para meu camarote procurar alívio em algumas horas de sono, mas eu nem bem fechara os olhos e o homem que ficara no convés desceu comunicando uma leve brisa. O bastante para nos pormos a caminho, disse ele.

E não era nada além de apenas o suficiente. Ordenei que o ferro fosse suspenso, as velas, soltas, e as velas da gávea, colocadas. Mas, quando tinha finalmente desatracado o navio, eu mal podia sentir alguma brisa. Apesar disso, mareei as velas e com todo o pano largo. Não iria desistir da tentativa.

PARTE DOIS

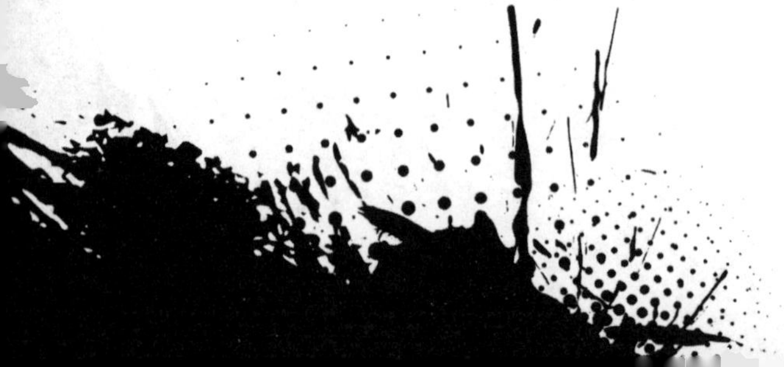

4

Com a âncora na proa e envolto em panos até as borlas, meu comando parecia permanecer tão imóvel quanto um navio em miniatura sobre o claro-escuro do mármore polido. Era impossível distinguir terra de água na enigmática tranquilidade das imensas forças do mundo. Uma súbita impaciência apossou-se de mim.

— Ele não vai obedecer ao leme de maneira nenhuma? — perguntei com irritação ao homem cujas fortes mãos morenas segurando os raios do leme destacavam-se iluminadas na escuridão; como um símbolo da reivindicação pela humanidade do controle de seu próprio destino.

Ele me respondeu.

— Sim, senhor. Está orçando lentamente.

— Deixe sua proa chegar até o sul.

— Sim, sim, senhor.

Andei pela popa. Não houve nenhum som exceto o dos meus passos, até que o homem falou de novo.

— A proa está no sul agora, senhor.

Senti um ligeiro aperto no peito antes de dar o primeiro rumo de meu primeiro comando para a noite silenciosa, pesada com orvalho e cintilante de estrelas. Havia uma finalidade no ato que me confiava à interminável vigilância de meu dever solitário.

— Mantenha-o assim — eu disse por fim. — O rumo é sul.

— Sul, senhor — ecoou o homem.

Rendi o segundo imediato e o seu turno e permaneci no comando, caminhando pelo convés durante as horas frias e sonolentas que precedem a aurora.

Breves sopros iam e vinham, e sempre que eram fortes o bastante para despertar a água escura, o murmúrio no costado corria pelo meu próprio coração num delicado crescendo de alegria, para depois morrer rapidamente. Eu estava exausto. As próprias estrelas pareciam cansadas de esperar pelo raiar do dia. Ele chegou por fim com um brilho de madrepérola no zênite, tal como eu nunca vira antes nos trópicos, baço, quase cinza, com um estranho lembrete de altitudes elevadas.

O cumprimento do vigia fez-se ouvir à frente:

— Terra a bombordo, senhor.

— Muito bem.

Encostado na amurada, nem levantei os olhos.

O movimento do navio era imperceptível. Logo em seguida, Ransome me levou a xícara de café matinal. Depois de ter bebido, olhei para a frente, e, na mancha parada de uma luz laranja muito pálida, vi a costa delineada sem relevo, como se recortada de papel preto e parecendo flutuar sobre a água, tão leve como cortiça. Mas o sol nascente transformou-a num mero vapor escuro, uma duvidosa e imensa sombra tremendo no clarão quente.

O turno acabou de lavar os conveses. Desci e parei à porta do sr. Burns (ele não suportava que ficasse fechada), mas hesitei em lhe falar até que movesse os olhos. Contei-lhe a novidade.

— Avistamos o cabo Liant à luz do dia. Cerca de vinte e quatro quilômetros.

Ele moveu os lábios nesse momento, mas não ouvi nenhum som até que baixei a orelha e captei o irritadiço comentário:

— Estamos nos arrastando... Que falta de sorte.

— Melhor pouca sorte do que ficar parado, seja como for — observei com resignação e deixei-o para quaisquer pensamentos ou fantasias que assombrassem sua horrível imobilidade.

Mais tarde naquela manhã, quando meu segundo imediato me rendeu, joguei-me no meu sofá e por umas três horas realmente encontrei relaxamento. Foi tão perfeito que ao despertar perguntei-me onde estava. Depois veio o imenso alívio do pensamento: a bordo do meu navio! No mar! No mar!

Pelas escotilhas contemplei um horizonte plácido, ensolarado. O horizonte de um dia sem vento. Mas sua mera amplitude era suficiente para me dar a sensação de uma fuga afortunada, uma exultação momentânea de liberdade.

Passei à sala de jantar com o coração mais leve do que estivera por dias. Ransome estava junto ao aparador preparando-se para pôr a mesa para o primeiro jantar no mar da travessia. Ele virou a cabeça, e alguma coisa em seus olhos reprimiu minha modesta euforia.

Perguntei instintivamente "O que é agora?" não esperando de maneira alguma a resposta que obtive. Ela foi dada com uma espécie de serenidade contida que era característica do homem.

— Receio que não tenhamos deixado toda a doença atrás de nós, senhor.

— Não deixamos?! O que aconteceu?

Ele me contou então que dois de nossos homens tinham passado mal com febre à noite. Um deles estava pegando fogo e outro estava tremendo, mas ele achava que a doença era mais ou menos a mesma. Eu pensava assim também. Fiquei chocado com a notícia.

— Um pegando fogo e outro tremendo, você disse? Não. Não deixamos a doença para trás. Eles parecem muito doentes?

— Mais ou menos, senhor.

Os olhos de Ransome contemplavam firmemente os meus. Trocamos sorrisos. O de Ransome foi um pouco melancólico, como de costume, o meu, sem dúvida, bastante sombrio, para corresponder à minha exasperação secreta.

Perguntei:

— Houve algum vento esta manhã?

— Não exatamente, senhor. Mas avançamos o tempo todo. A terra à frente parece um pouco mais próxima.

Era só isso. Um pouco mais próxima. Ao passo que se tivéssemos tido um pouco mais de vento, só um pouquinho mais, poderíamos, deveríamos estar ao lado de Liant naquela altura e aumentando nossa distância daquela orla contaminada. E não era só a distância. Eu tinha a impressão de que uma brisa mais forte teria soprado para longe a contaminação que se agarrava ao navio. Ela obviamente se agarrava ao navio. Dois homens, um ardendo, outro tremendo. Senti uma nítida relutância em ir vê-los. De que adiantava? Veneno é veneno. Febre tropical é febre tropical. Mas que ela tivesse estendido suas garras atrás de nós sobre o mar parecia-me uma licença extraordinária e injusta. Eu mal podia acreditar que pudesse ser alguma coisa pior que o último safanão desesperado do mal de que estávamos fugindo rumo ao sopro limpo do mar. Se pelo menos esse sopro tivesse sido um pouco mais forte. No entanto, havia o quinino contra a febre. Fui ao camarote sobressalente onde a caixa de medicamentos era guardada para preparar duas doses. Abri-a cheio de fé como um homem abre um relicário milagroso. A parte de cima era habitada por uma coleção de frascos, todos de ombros quadrados e tão parecidos entre si quanto ervilhas. Sob esse conjunto ordenado havia duas gavetas, tão repletas de coisas quanto se poderia imaginar — pacotes de papel, bandagens, caixas de papelão oficialmente rotuladas. A mais baixa das duas, em um de seus compartimentos, continha nossa provisão de quinino.

Havia cinco frascos, todos redondos e todos do mesmo tamanho. Um estava cerca de um terço cheio. O outro continuava ainda embrulhado em papel e selado. Mas eu não esperava ver um envelope pousado sobre eles. Um envelope quadrado, pertencente, de fato, aos artigos de papelaria do navio.

Ele estava deitado de tal modo que eu pudesse ver que não estava fechado e, ao pegá-lo e virá-lo, percebi que era dirigido a mim. Continha meia folha de papel de carta, que eu desdobrei com uma estranha sensação de estar lidando com o incomum, mas sem nenhuma excitação, como pessoas encontram e fazem coisas extraordinárias num sonho.

"Meu caro capitão", ele começava, mas corri à assinatura. O autor era o médico. A data era aquela do dia em que, voltando de minha visita ao sr. Burns no hospital, eu encontrara o excelente médico à minha espera no camarote; quando ele me contou que dedicara tempo a inspecionar a caixa de remédios para mim. Como era estranho! Enquanto esperava que eu chegasse a qualquer momento ele estivera se divertindo me escrevendo uma carta, e então, quando entrei, apressara-se a enfiá-la na caixa de remédios. Um procedimento bastante inacreditável. Voltei-me para o texto com espanto.

Numa letra graúda, apressada, porém legível, o homem bom e compassivo, por alguma razão, ou por bondade ou mais provavelmente impelido pelo irresistível desejo de expressar sua opinião, com a qual não quisera enfraquecer minhas esperanças antes, estava me advertindo a não depositar minha confiança nos efeitos benéficos de uma mudança da terra para o mar. "Não quis aumentar seus temores desencorajando suas esperanças", ele escreveu. "Temo que, medicamente falando, o fim de seus temores ainda não tenha chegado." Em suma, ele esperava que eu teria que combater um provável retorno da doença tropical. Felizmente restava-me uma boa provisão de quinino. Devia depositar minha confiança nisso, e administrá-lo sem cessar, quando a saúde do navio iria certamente melhorar.

Amassei a carta e enfiei-a no bolso. Ransome levou duas grandes doses para os homens à frente. Quanto a mim, ainda não fui ao convés. Em vez disso, fui até a porta do quarto do sr. Burns e dei-lhe essa notícia também.

Era impossível dizer que efeito ela teve sobre ele. A princípio pensei que estava sem fala. Sua cabeça estava enfiada no travesseiro. Ele moveu seus lábios o suficiente, no entanto, para me assegurar de que estava ficando mais forte; uma afirmação chocantemente falsa, ao que parecia.

Nessa tarde assumi o meu turno como de costume. Uma grande imobilidade superaquecida envolvia o navio e parecia mantê-lo imóvel num ambiente flamejante composto de dois tons de azul. Lufadas débeis e quentes desprendiam-se desalentadamente de suas velas. E, no entanto, ele se movia. Tinha de ter se movido. Pois, enquanto o sol se punha, nós tínhamos passado pelo cabo Liant e o deixado cair atrás de nós: uma sombra agourenta que desaparecia nos últimos clarões do crepúsculo.

À noite, sob a claridade crua de sua lâmpada, o sr. Burns pareceu ter chegado mais à superfície de sua roupa de cama. Era como se uma mão opressora tivesse sido erguida de cima dele. Ele respondeu às minhas poucas palavras com uma fala relativamente longa, articulada. Afirmou-se fortemente. Se escapasse de ser asfixiado por esse calor estagnado, disse, tinha confiança de que dentro de pouquíssimos dias seria capaz de subir ao convés e me ajudar.

Enquanto ele falava, tremi de medo de que esse esforço acabasse por deixá-lo sem vida diante de meus olhos. Mas não posso negar que havia algo reconfortante em sua disposição. Dei uma resposta adequada, mas salientei para ele que a única coisa que poderia realmente nos ajudar era vento — um vento considerável.

Ele rolou a cabeça com impaciência sobre o travesseiro. E não foi nada reconfortante ouvi-lo começar a resmungar de maneira desconexa sobre o falecido capitão, aquele velho enterrado na latitude 8° 20', bem no nosso caminho, emboscado na entrada do Golfo.

— Ainda está pensando em seu finado capitão, sr. Burns? — perguntei. — Imagino que os mortos não sentem nenhuma animosidade contra os vivos. Não se importam com eles.

— O senhor não conhece esse. — Ele bufou fracamente.

— Não. Eu não o conheci e ele não me conheceu. Por isso ele não pode ter nenhuma queixa contra mim, afinal.

— Sim. Mas há todo o resto de nós a bordo — ele insistiu.

Senti a força inexpugnável do senso comum sendo insidiosamente ameaçada por esse grotesco, por esse insano, delírio.

— O senhor não deve falar tanto. Vai se cansar.

— E há o próprio navio — ele persistiu num sussurro.

— Agora, nem mais uma palavra — eu disse, entrando no camarote e pondo a mão em sua testa fresca. Isso provou para mim que esse absurdo atroz estava enraizado no próprio homem e não na doença, que, aparentemente, o esvaziara de todo poder, mental e físico, exceto essa única ideia fixa.

Evitei dar ao sr. Burns qualquer abertura para conversa nos dias seguintes. Costumava apenas lançar-lhe uma palavra apressada e animadora ao passar por sua porta. Acredito que se ele tivesse tido força para tanto, teria me chamado mais de uma vez. Mas não tinha a força. Ransome, contudo, comentou comigo uma tarde que o imediato "parecia estar se recuperando maravilhosamente".

— Ele lhe disse algum absurdo ultimamente? — perguntei num tom casual.

— Não, senhor. — Ransome ficou assustado com a pergunta direta. Depois de uma pausa, porém, acrescentou tranquilamente: — Ele me disse esta manhã que lamentava ter tido de enterrar nosso falecido capitão justamente na rota do navio, por assim dizer, na saída do Golfo.

— Isso não é absurdo suficiente para você? — perguntei, olhando de maneira confiante para o semblante inteligente e calmo sobre o qual a inquietação secreta no peito do homem jogara um véu transparente de preocupação.

Ransome não sabia. Não tinha pensado sobre o assunto. E com um débil sorriso afastou-se de mim para seus intermináveis deveres, com sua usual atitude comedida.

Mais dois dias se passaram. Tínhamos avançado um pouco — muito pouco — rumo ao espaço mais amplo do Golfo de Sião. Aproveitando ansiosamente a euforia do primeiro comando jogado no meu colo, por intermédio do capitão Giles, eu ainda tinha o incômodo pressentimento de que tamanha sorte talvez devesse ser paga de alguma forma. Eu mantivera, profissionalmente, uma avaliação de minhas chances. Era competente o bastante para isso. Pelo menos pensava assim. Tinha uma noção geral de minha preparação que só um homem que segue uma vocação que ama pode conhecer. Esse sentimento me parecia a coisa mais natural do mundo. Tão natural quanto respirar. Imaginava que não teria podido viver sem ele.

Não sei o que eu esperava. Talvez nada além daquela intensidade especial de existência que é a quintessência das aspirações juvenis. O que quer que eu esperasse, não esperava ser acossado por furações. Estava muito bem informado para isso. No Golfo de Sião não há furacões. Tampouco esperava me ver de mãos atadas por toda a extensão desesperançada que me foi revelada à medida que os dias passavam.

Não que o feitiço nos mantivesse sempre imóveis. Correntes misteriosas nos impeliam para cá e para lá, com uma força dissimulada só manifestada pelas vistas cambiantes das ilhas na margem leste do Golfo. E havia ventos, também, esporádicos e enganosos. Suscitavam esperanças apenas para arremessá-las na mais amarga decepção, promessas de avanço que terminavam em terreno perdido, expiravam em suspiros, morriam na muda imobilidade em que as correntes faziam tudo a seu modo — seu próprio modo inimigo.

A ilha de Koh Rong, um vasto espinhaço negro que se erguia em meio a um grande número de ilhotas, repousando sobre a água vítrea como um tritão em meio a peixinhos miúdos, parecia ser o centro do círculo fatal. Parecia impossível sair dele. Dia após dia, permanecia à vista. Mais de uma vez, numa brisa favorável. Eu media sua posição no crepúsculo que rapidamente desaparecia, pensando que era pela última vez. Vã esperança. Uma noite de ares espasmódicos cancelava os ganhos de favor temporário, e o sol nascente revelava o relevo negro de Koh Rong parecendo mais estéril, inóspito e soturno do que nunca.

— Juro, é como estar enfeitiçado — eu disse uma vez ao sr. Burns, de minha posição usual no vão da porta.

Ele estava sentado em sua cama. Estava progredindo em direção ao mundo dos homens vivos; se é que ainda não se podia dizer que já se reintegrara a ele. Ele acenou para mim sua cabeça frágil e ossuda num assentimento sabiamente misterioso.

— Oh, sim, sei o que o senhor quer dizer. Mas o senhor não pode esperar que eu acredite que um homem morto tem o poder de tirar do eixo a meteorologia desta parte do mundo. Embora ela de fato pareça ter ficado inteiramente errada. As brisas da terra e do mar se quebraram em pedacinhos. Não podemos depender delas por cinco minutos seguidos.

— Não vai demorar muito para que eu possa subir ao convés — murmurou o sr. Burns. — Então veremos.

Se ele dizia isso como uma promessa de brigar com o mal sobrenatural eu não podia saber. De qualquer forma, esse não era o tipo de ajuda de que eu precisava. Por outro lado, eu estivera vivendo no convés praticamente noite e dia de modo a tirar proveito de todas as chances de direcionar meu navio um pouco mais para o sul. O imediato, eu podia ver, ainda estava extremamente fraco, e não inteiramente livre de seu delírio, que para mim parecia não passar de um sintoma de sua doença. De todo modo, a esperança de um inválido não devia ser desencorajada. Eu disse:

— O senhor será muito bem recebido lá, tenho certeza, sr. Burns. Se continuar melhorando nesse ritmo, em breve será um dos homens mais saudáveis no navio.

Isso o agradou, mas seu extremo emagrecimento converteu seu sorriso satisfeito numa medonha exibição de dentes compridos sob o bigode vermelho.

— Os companheiros não estão melhorando, senhor? — ele perguntou sobriamente, com uma expressão extremamente sensível de ansiedade no rosto.

Respondi-lhe apenas com um gesto vago e afastei-me da porta. O fato era que a doença brincava conosco caprichosamente, muito como os ventos o faziam. Ela passava de um homem para outro com um toque mais leve ou mais pesado, que sempre deixava sua marca para trás, fazendo alguns cambalearem, derrubando outros por algum tempo, deixando este, voltando para um outro, de modo que todos eles tinham agora um aspecto enfermiço e uma expressão acuada, apreensiva nos olhos. Ao passo que Ransome e eu, os únicos completamente incólumes, transitávamos assiduamente entre eles distribuindo quinino. Era uma luta dupla. O tempo adverso nos detinha na vanguarda e a doença avançava em nossa retaguarda. Devo dizer que os homens eram muito bons. Enfrentavam de boa vontade a labuta constante de marear as velas. Mas seus membros tinham perdido toda a elasticidade, e quando eu olhava para eles da popa, não podia afastar de minha mente a terrível impressão de que estavam se movendo em ar envenenado.

Lá embaixo, em seu camarote, o sr. Burns tinha avançado a ponto de ser não só capaz de sentar, como também de encolher as pernas. Abraçando-as com braços ossudos, como um esqueleto animado, emitia suspiros profundos, impacientes.

— A grande coisa a fazer, senhor — ele me dizia sempre que eu lhe dava a chance —, a grande coisa é o conseguir fazer o navio ir além de 8° 20' de latitude. Depois que ele estiver indo além disso, estará tudo bem.

A princípio eu costumava apenas sorrir para ele, embora, Deus sabe, não me restasse muito ânimo para sorrisos. Mas, finalmente, perdi a paciência.

— Oh, sim. A latitude 8° 20'. Foi onde o senhor enterrou seu falecido capitão, não foi? — Depois, com severidade: — Não acha, sr. Burns, que está na hora de parar com toda essa bobagem?

Ele rolou para mim seus olhos fundos num olhar de invencível obstinação. Quanto ao resto, apenas murmurou, numa altura apenas suficiente para que eu escutasse, algo sobre:

— Nenhuma surpresa... encontrar... jogar-nos algum truque brutal ainda...

Passagens assim não eram exatamente benéficas para minha resolução. O estresse da adversidade começava a pesar sobre mim. Ao mesmo tempo, eu sentia um desprezo por essa obscura fraqueza de minha alma. Dizia a mim mesmo desdenhosamente que seria preciso muito mais do que isso para afetar o menor grau de minha coragem.

Eu não sabia então quão depressa e de que direção inesperada ela seria atacada.

Foi já no dia seguinte. O sol havia levantado acima do lado sul de Koh Rong, que ainda pairava, como um atendente maléfico, sobre nossa alheta de bombordo. A ilha me foi uma visão intensamente odiosa. Durante a noite tínhamos estado seguindo em todas as direções da bússola, mareando as velas repetidamente, para o que eu temo que deviam ter sido em sua maior parte lufadas imaginárias. Depois, até por volta do alvorecer, tivemos por uma hora uma brisa inexplicável, constante, que soprava da proa. Isso não fazia nenhum sentido. Não era condizente nem com a estação do ano nem com a experiência secular de marujos, tal como registrada em livros, nem com o aspecto do céu. Só malevolência proposital poderia explicá-lo. O vento afastava-nos de nosso rumo correto a grande velocidade. E, se estivéssemos navegando a passeio, teria sido uma brisa deliciosa, com o brilho desperto do mar, a sensação de movimento e uma impressão de inusitado frescor. Então, de repente, como se desdenhando levar adiante a lamentável pilhéria, ele amainou e morreu completamente em menos de cinco minutos. O navio guinou para o bordo em que estava adernando; o mar acalmado assumiu o lustro de uma chapa de aço na calmaria.

Desci, não porque pretendesse repousar, mas simplesmente porque não podia suportar contemplá-lo naquele momento. O infatigável Ransome estava ocupado na sala de jantar. Tornara-se uma prática regular dele dar-me um relatório informal sobre saúde de manhã. Ele se afastou do aparador com seu olhar usual, agradável, calmo. Nenhuma sombra pairava em sua testa inteligente.

— Muitos deles não vão lá muito bem esta manhã, senhor — disse num tom calmo.

— O quê? Foram todos derrubados?

— Só dois estão realmente em seus beliches, senhor, mas...

— Foi a última noite que acabou com eles. Tivemos de alar e içar o tempo todo.

— Eu soube, senhor. Tive a intenção sair e ajudar, só que, o senhor sabe...

— Certamente não. O senhor não deve... Os homens também têm passado a noite deitados nos conveses. Isso não é bom para eles.

Ransome concordou. Mas não se podia tomar conta dos homens como se fossem crianças. Além disso, dificilmente se podia culpá-los por se sentirem tentados pelo frescor e o ar que podia ser encontrado no convés. O próprio Ransome, é claro, sabia bem disso.

Ele era, de fato, um homem sensato. Contudo teria sido difícil dizer que as ordens não eram. Os últimos dias tinham sido para nós como o ordálio da fornalha ardente. Realmente não se podia brigar com sua humanidade comum, imprudente, que aproveitava os momentos de alívio, quando a noite trazia a ilusão do frescor e a luz das estrelas piscava através do ar pesado, carregado de orvalho. Além do mais, a maior parte deles estava tão debilitada que dificilmente se poderia fazer alguma coisa sem que todos os que podiam se aguentar de pé trabalhassem nos braços das vergas. Não, seria inútil argumentar com eles. Mas eu acreditava plenamente que o quinino era de fato de enorme ajuda.

Eu acreditava nele. Depositava minha fé nele. Ele iria salvar os homens, o navio, quebrar o feitiço por sua virtude medicinal, tornaria a passagem do tempo sem importância, o clima seria apenas uma preocupação passageira e, como um poder mágico operando contra malefícios misteriosos, protegeria a primeira passagem de meu primeiro comando contra os poderes maléficos de calmarias e pestilências. Eu o via como mais precioso que ouro, e diferentemente do ouro, do qual dificilmente parece haver o bastante em toda parte, o navio tinha um estoque suficiente dele. Entrei para pegá-lo com o objetivo de pesar doses. Estendi minha mão com a sensação de um homem que procura alcançar uma panaceia infalível, peguei um novo frasco e desenrolei o invólucro, notando ao fazê-lo que as extremidades, tanto no alto como na base, tinham se descerrado...

Mas por que registrar todos os rápidos passos dessa aterradora descoberta? Você já adivinhou a verdade. Havia o invólucro, o frasco, e o pó branco dentro, alguma espécie de pó. Mas não era quinino. Um olhar para ele bastava. Lembro-me de que no exato momento em que peguei o frasco, antes de ter sequer lidado com o invólucro, o peso do objeto que eu tinha em minha mão me deu uma instantânea premonição. O quinino é leve como pluma; e meus nervos deviam estar tomados por uma sensibilidade extraordinária. Deixei o frasco se espatifar no chão. O material, fosse ele qual fosse, parecia arenoso sob a sola de meu sapato. Agarrei a garrafa seguinte e depois mais uma. O peso bastava para contar a história. Uma após outra elas caíam, quebrando-se aos meus pés, não porque eu as jogasse no chão em meu desalento, mas simplesmente através de meus dedos como se essa revelação fosse demais para minha força.

É um fato que a mera dimensão de um choque mental nos ajuda a suportá-lo, produzindo uma espécie de insensibilidade temporária. Saí do camarote atordoado, como se algo pesado tivesse caído em minha cabeça. Do outro lado da sala de jantar, em frente à mesa, Ransome com um espanador na mão, olhava boquiaberto. Não acho que eu parecia enlouquecido. É muito possível que parecesse estar com pressa porque estava instintivamente querendo chegar ao convés. Um exemplo de treinamento tornando-se instinto. As dificuldade, os perigos, os problemas de um navio no mar devem ser enfrentados no convés.

A esse fato, como se ele fosse da natureza, respondi instintivamente; o que pode ser tomado como prova de que por um momento devo ter sido privado de minha razão.

Eu estava certamente desequilibrado, uma presa de um impulso, pois no pé da escada me virei e me joguei na entrada do camarote do sr. Burns. O desvario de seu aspecto conteve minha desordem mental. Ele estava sentado em seu beliche, seu corpo parecendo imensamente longo, a cabeça pendendo um pouco para o lado, com afetada complacência. Brandia em sua mão trêmula, na ponta de um antebraço não mais grosso que um cabo de vassoura, um lustroso par de tesouras que tentou diante de meus próprios olhos espetar na sua garganta.

Eu estava numa certa medida horrorizado; mas esse foi um tipo de efeito relativamente secundário, não realmente forte o bastante para me fazer gritar para ele alguma coisa como "Pare!", "Céus!", "O que você está fazendo?".

Na realidade, ele estava apenas esbanjando a força que lhe retornava numa tentativa de cortar sua grossa barba ruiva. Tinha uma grande toalha aberta sobre seu colo, e tufos de pelos, duros como sobras de fios de cobre, caíam sobre ela a cada tesourada.

Ele virou para mim seu rosto grotesco para além das fantasias de sonhos loucos, uma bochecha hirsuta como se tomada por uma chama inflamada, a outra desnudada e cavada, com um longo bigode intocado daquele lado afirmando-se, solitário e destemido. E enquanto ele me fitava atordoado, com a tesoura aberta em seus dedos, gritei minha descoberta para ele cruelmente em seis palavras, sem comentário.

5

Escutei o ruído da tesoura escapando de sua mão, notei o perigoso arremesso de toda a sua pessoa sobre a beira do beliche para pegá-la, e depois, retornando ao meu primeiro propósito, continuei meu avanço pelo convés. O brilho do mar encheu meus olhos. Era maravilhoso e enfadonho, monótono e sem esperança sob a curva aberta do céu. A velas pendiam imóveis e bambas, as próprias dobras de suas superfícies descaídas não se moviam mais do que granito entalhado. A impetuosidade de minha chegada fez o homem que estava no leme ter um ligeiro sobressalto. Um cadernal no ar rangia de forma incompreensível, pois que diabo poderia tê-lo levado a fazer isso? Era um assobio como o de um pássaro. Por um tempo muito, muito longo encarei um mundo vazio, imerso num silêncio infinito, através do qual a luz do sol se derramava e fluía para alguma finalidade misteriosa. Então ouvi a voz de Ransome junto ao meu cotovelo.

— Pus o sr. Burns de volta na cama, senhor.
— Você pôs.

— Bem, senhor, ele se levantou de repente, mas caiu quando soltou a beirada do seu beliche. Mas não está tonto, me parece.

— Não — respondi sem entusiasmo, e sem olhar para Ransome.

Ele esperou por um momento, depois, com muito cuidado, como se não quisesse me ofender:

— Não acho que precisamos perder muito daquele pó, senhor — disse. — Posso varrer quase tudo, ou quase, e depois poderíamos filtrar o frasco. Vou tratar disso agora mesmo. Isso não vai atrasar o café da manhã nem dez minutos.

— Oh, sim — respondi, amargurado. — Deixe o café da manhã esperar, varra cada grão, e depois jogue a maldita coisa no mar!

O profundo silêncio retornou, e, quando olhei sobre meu ombro, Ransome — o inteligente e sereno Ransome — tinha desaparecido do meu lado. A intensa solidão do mar agia como veneno sobre meu cérebro. Quando voltei meus olhos para o navio, tive uma visão mórbida dele como um sepulcro flutuante. Quem não ouviu falar de navios encontrados flutuando, sem direção, com suas tripulações todas mortas? Olhei para o marujo no leme, tive um impulso de falar com ele, e, de fato, seu rosto assumiu uma expressão expectante, como se ele tivesse adivinhado minha intenção. Mas acabei descendo, pensando que ficaria sozinho com a grandiosidade de meu problema por um tempinho. Mas, através de sua porta aberta, o sr. Burns me viu descer, e se dirigiu a mim com irritação:

— Bem, senhor?

Entrei.

— Não está bem de maneira nenhuma — eu disse.

O sr. Burns, reacomodado em seu beliche, escondia sua bochecha hirsuta com a palma da mão.

— Aquele desgraçado me tirou a tesoura. — Foram as palavras que disse em seguida.

A tensão que me afligia era tão grande que talvez tivesse sido bom que o sr. Burns começasse com a sua queixa. Ele parecia estar muito chateado por causa disso e resmungou:

— Será que ele pensa que estou louco ou o quê?

— Acho que não, sr. Burns — eu disse. Ele me pareceu naquele momento um modelo de autocontrole. Cheguei por isso a conceber uma espécie de admiração por aquele homem, que tinha (afora a intensa materialidade do que sobrara de sua barba) chegado tão perto de ser um espírito desencarnado quanto qualquer homem pode conseguir chegar e viver. Notei a agudeza preternatural da ponte do seu nariz, as profundas cavidades de suas têmporas, e invejei-o. Ele estava tão reduzido que provavelmente morreria muito em breve. Homem invejável! Tão perto da extinção — enquanto eu tinha de suportar dentro de mim um tumulto de sofredora vitalidade, dúvida, confusão, autocensura, e uma relutância indefinida em enfrentar a horrível lógica da situação. Não pude me impedir de murmurar: — Sinto-me como se eu mesmo estivesse enlouquecendo.

O sr. Burns olhava fixo como um espectro, mas afora isso estava maravilhosamente controlado.

— Sempre pensei que ele iria nos pregar alguma peça fatal — disse ele, com ênfase peculiar no *ele*.

Isso me deu um choque mental, mas não tive nem cabeça, nem coração, nem espírito para discutir com ele. Minha forma de doença era indiferença. A paralisia insidiosa de uma perspectiva sem esperança. Assim, apenas olhei para ele. O sr. Burns continuou a falar.

— Ah! O quê? Não! O senhor não acredita? Bem, como explica isso? Como pensa que poderia ter acontecido?

— Acontecido? — repeti letargicamente. — Ora, sim, como em nome dos poderes infernais essa coisa aconteceu?

De fato, ao refletir sobre aquilo, parecia incompreensível que devesse ser exatamente assim: os frascos esvaziados, reenchidos, reembalados e recolocados no lugar. Uma espécie de plano, uma tentativa sinistra de enganar, algo que parecia uma dissimulada vingança, mas pelo quê? Ou então uma brincadeira diabólica. Mas o sr. Burns tinha uma teoria. Ela era simples, e ele a pronunciou solenemente, com uma voz cava.

— Suponho que lhe pagaram umas quinze libras em Haiphong por aquele pequeno lote.

— Sr. Burns! — exclamei.

Ele acenou com a cabeça, compondo uma imagem grotesca com as pernas que estavam erguidas como dois cabos de vassoura no pijama e enormes pés descalços na ponta.

— Por que não? O pó é bastante caro nesta parte do mundo, e eles tinham muito em Tonkin. E que lhe importava? O senhor não o conheceu. Eu conheci, e o desafiei. Ele não tinha medo nem de Deus, nem do diabo, nem do homem, nem do vento, nem do mar, nem de sua própria consciência. E acredito que odiava tudo e todos. Mas acho que tinha medo de morrer. Creio que sou o único homem que alguma vez o confrontou. Enfrentei-o naquele camarote que o senhor ocupa agora, quando ele estava doente, e o intimidei. Ele pensou que eu lhe torceria o pescoço. Se ele tivesse imposto sua vontade, nós teríamos ficado bordejando contra a monção do noroeste enquanto ele vivesse e depois, também, por uma eternidade. Bancando o holandês voador no Mar da China! Rá! Rá!

— Mas por que ele teria substituído os frascos assim? — comecei.

— Por que não o faria? Por que haveria de querer jogar os frascos fora? Eles cabem na gaveta. Pertencem à caixa de remédios.

— E eles estavam embalados — exclamei.

— Bem, os invólucros estavam por perto. Fez isso por hábito, suponho, e quanto a voltar a encher os frascos, há sempre muitas coisas que vêm em invólucros de papel que rasgam depois com o tempo. E afinal, quem pode saber? Suponho que o senhor não o provou, não é? Mas é claro, o senhor tem certeza...

— Não — eu disse. — Não provei. Nesta altura está tudo no mar.

Atrás de mim uma voz suave, refinada, disse:

— Eu experimentei, senhor. Parecia uma mistura de tudo, adocicado, salgado, horrível.

Ransome, saindo da despensa, estivera escutando por algum tempo, como era muito perdoável que fizesse.

— Um truque sujo — disse o sr. Burns. — Eu sempre disse que ele o faria.

A magnitude de minha indignação não tinha limite. E o bondoso, o compreensivo médico, também. O único homem compreensivo que eu jamais conhecera... em vez de escrever aquela carta de advertência, o próprio refinamento da solidariedade, por que o homem não tinha feito uma inspeção adequada? Mas, na verdade, não era justo culpar o médico. As coisas estavam em ordem e a caixa de remédios era um assunto oficialmente organizado. Não havia realmente nada para despertar a mais ligeira desconfiança. A pessoa que eu nunca poderia perdoar era eu mesmo. Nada devia jamais ser dado por certo. A semente de um remorso perpétuo estava semeada em meu peito.

— Sinto que é tudo minha culpa — exclamei —, minha e de mais ninguém. É como me sinto. Nunca me perdoarei.

— Isso é uma grande tolice — disse o sr. Burns num tom agressivo.

E depois desse esforço ele caiu para trás em sua cama, exausto. Fechou os olhos, ofegou; esse caso, aquele caso, aquela abominável surpresa, o tinham abalado também. Quando me virei, percebi Ransome olhando para mim inexpressivamente. Ele compreendia o que ele significava, mas conseguiu produzir seu sorriso agradável, melancólico. Depois deu um passo atrás para sua despensa, e eu subi às pressas para o convés novamente para ver se havia algum vento, algum sopro sob o céu, alguma agitação do ar, algum sinal de esperança. A quietude fatal me recebeu de novo. Nada mudara, exceto que havia um homem diferente no leme. Ele parecia doente. Toda a sua figura pendia para a frente, e ele parecia antes agarrar-se aos raios que segurá-los com pulso firme. Eu lhe disse:

— Você não está em condições para ficar aqui.

— Eu me arranjo, senhor — respondeu ele, debilmente.

Na verdade, não havia nada para ele fazer. O navio respondia ao leme. Ele estava com a proa voltada para oeste, a perene Koh Rong visível à popa, com algumas ilhotas, pontos negros em meio ao brilho fulgurante, nadando diante de meus olhos perturbados. E, afora aqueles pedacinhos de terra, não havia nenhum ponto no céu, nenhum ponto na terra, nenhuma forma de vapor, nenhuma coluna de fumaça, nenhuma vela, nenhum barco, nenhum sopro de humanidade, nenhum sinal de vida, nada!

A primeira pergunta era: o que fazer? O que se podia fazer? A primeira coisa a fazer obviamente era contar aos homens. Fiz isso naquele mesmo dia. Não iria deixar a notícia simplesmente se espalhar. Eu os encararia. Eles estavam reunidos na tolda para esse fim. Pouco antes de sair para falar com eles, descobri que a vida podia guardar momentos terríveis. Nenhum criminoso confesso jamais fora tão oprimido por seu sentimento de culpa. Talvez tivesse sido por isso que meu semblante estava duro e minha voz seca e fria quando fiz minha declaração de que não podia fazer mais nada pelos doentes no tocante a medicamentos. Quanto ao cuidado que podia lhes ser dado, eles sabiam que o tinham tido.

Eu os teria justificado se me tivessem esquartejado. O silêncio que se seguiu às minhas palavras foi quase mais difícil de suportar que a mais raivosa comoção. Eu estava esmagado pela infinita profundidade dessa reprovação. Mas, na verdade, estava enganado. Numa voz que tive grande dificuldade em manter firme, continuei:

— Suponho que vocês, homens, tenham compreendido o que eu disse, e saibam o que significa.

Uma voz ou duas se fizeram ouvir:

— Sim, senhor... Nós compreendemos.

Eles tinham se mantido em silêncio simplesmente porque pensaram que não deviam dizer nada; e quando eu lhes disse que pretendia dirigir-me para Cingapura e que a melhor chance para o navio e os homens estava nos esforços que todos nós, doentes e sadios, devíamos fazer para tirar o navio daquilo, recebi o encorajamento de um baixo murmúrio de concordância e de uma voz mais alta exclamando: "Com certeza, há uma maneira de sair deste maldito buraco!"

***

Eis aqui um excerto das anotações que fiz nessa época.

"Finalmente, perdemos Koh Rong. Por muitos dias agora acho que não cheguei a passar duas horas seguidas na coberta. Permaneço no convés, é claro, noite e dia, e as noites e os dias giram sobre nós em sucessão; se são longos ou curtos, quem saberá dizer? Toda a percepção do tempo é perdida na monotonia da expectativa, da esperança e do desejo — que é apenas um! Levar o navio para o sul! O efeito é curiosamente mecânico; o sol se eleva e se põe, a noite desliza sobre nossas cabeças como se alguém abaixo do horizonte estivesse girando uma manivela. É o mais belo, o mais inútil!... e durante toda essa miserável performance eu sigo em frente, vagando, vagando pelo convés. Quantos quilômetros caminhei na popa daquele navio! Uma obstinada peregrinação de pura inquietude, diversificada por curtas excursões na coberta para dar uma olhada no sr. Burns. Não sei se é uma ilusão, mas ele parece ficar mais forte a cada dia. Não fala muito, pois, de fato, a situação não se presta a comentários fúteis. Noto isso mesmo com os homens enquanto os observo se movendo ou sentados pelos conveses. Eles não falam uns com os outros. Parece-me que se existisse um ouvido invisível captando os sussurros da Terra, este navio lhe pareceria o local mais silencioso nela...

"Não, o sr. Burns não tem muito a me dizer. Ele fica sentado em seu beliche com sua barba que se foi, seu bigode flamejante, e com um ar de silenciosa determinação em sua fisionomia pálida. Ransome me conta que ele devora toda a comida que lhe é dada até o último fragmento, mas que, ao que parece, dorme muito pouco. Mesmo à noite, quando desço para encher meu cachimbo, noto que, embora cochilando de costas, ele ainda parece muito determinado. O olhar de esguelha que me dá quando está acordado sugere que está aborrecido por ter sido interrompido em alguma árdua operação mental. E, quando emerjo no convés, o arranjo ordenado das estrelas encontra meus olhos, sem nuvens, infinitamente enfadonho. Lá estão eles: estrelas, sol, mar, luz, escuridão, espaço, grandes águas, o formidável Trabalho dos Sete Dias, em que a humanidade parece ter tropeçado sem ser convidada. Ou então atraída. Assim como eu fui atraído para este horrível, este mal-assombrado comando."

***

O único ponto de luz no navio à noite era o das lâmpadas das bitáculas, iluminando as faces dos sucessivos timoneiros; quanto ao resto, estávamos perdidos na escuridão, eu caminhando na popa e os homens deitados pelos conveses. Eles estavam todos tão consumidos pela doença que nenhuma vigília podia ser mantida. Os que eram capazes de andar permaneciam o tempo todo em serviço, deitados nas sombras do convés principal, até que minha voz elevada para uma ordem os pusesse sobre seus pés enfraquecidos, um grupinho cambaleante, movendo-se pacientemente pelo navio, praticamente sem um murmúrio, sem um sussurro entre todos eles. E cada vez que eu tinha de elevar minha voz era com uma pontada de remorso e piedade.

Depois, por volta das quatro horas da manhã, uma luz se acendia na cozinha. O indefectível Ransome com o coração inquieto, imune, sereno e ativo estava se aprontando para o primeiro café para os homens. Logo ele me levava uma xícara na popa, e era então que eu me permitia cair em minha espreguiçadeira por umas duas horas de sono verdadeiro. Sem dúvida eu devia ter estado furtando curtos cochilos quando encostado contra a amurada por um momento em pura exaustão; mas, honestamente, eu não tinha consciência deles, exceto na forma penosa de sobressaltos convulsivos que pareciam me sobrevir enquanto eu caminhava. De cerca das cinco horas, contudo, até depois das sete, eu dormia abertamente sob as estrelas que esmaeciam.

Eu dizia para o timoneiro "Chame-me se precisar", caía numa cadeira e fechava os olhos, sentindo que não havia mais sono para mim na Terra. E então eu não saberia mais nada até que, em algum momento entre as sete e as oito, sentia um toque em meu ombro e levantava os olhos para o rosto de Ransome, com seu débil, melancólico sorriso e amistosos olhos cinza, como se ele estivesse ternamente divertido com meus cochilos. Às vezes, o segundo imediato aproximava-se e me rendia na hora do primeiro café da manhã. Mas isso não importava realmente. Em geral, era uma calmaria, ou então uma leve aragem tão mutável e fugidia que de fato não valia a pena bracear para aproveitá-las. Se o ar se mantinha firme, eu podia ter certeza de que o timoneiro gritaria o aviso "Velas todas entaladas, senhor!", que como um toque de trombeta me faria dar um pulo sobre o convés. Essas eram as palavras que, ao que me parecia, teriam me acordado do sono eterno. Mas isso não era frequente. Desde então nunca experimentei alvoradas de tanta calmaria. E se ocorria de o segundo imediato estar lá (ele geralmente passava um dia em três livre da febre), eu o encontrava sentado na claraboia como que semi-inconsciente, e com um olhar idiótico pregado em algum objeto próximo — uma corda, um grampo, uma malagueta, um pino-mestre.

Esse jovem era bastante problemático. Ele se mantinha infantil em seus sofrimentos. Parecia ter se tornado completamente imbecil; e quando o retorno da febre o conduzia para seu camarote na coberta, a próxima coisa que acontecia era descobrirmos que ele não estava mais lá. Na primeira vez que isso aconteceu, Ransome e eu ficamos muito alarmados. Começamos uma procura silenciosa e, por fim, Ransome o descobriu aconchegado no armário de velas, que abria para o saguão por uma porta de correr. Quando censurado, murmurou amuado: "É fresco ali dentro." Não era verdade. Era apenas escuro ali.

Os defeitos fundamentais de seu rosto não eram melhorados por sua cor uniformemente lívida. A doença punha à mostra seu tipo sórdido de uma maneira alarmante. Não era assim com muitos dos homens. A devastação da doença parecia idealizar o caráter geral dos traços, realçando a nobreza insuspeitada de alguns, a força de outros, e em um caso revelando um aspecto essencialmente cômico. Ele era um homem ativo, baixo e ruivo com um nariz e um queixo do tipo da marionete Mr. Punch, e a quem os companheiros de bordo chamavam de "Frenchy". Não sei o porquê. Talvez ele fosse francês, mas nunca o ouvi pronunciar uma única palavra nessa língua.

Vê-lo caminhando para a ré para pegar o leme era encorajador. As calças de brim azul com as barras viradas até a panturrilha, uma perna um pouco mais alta que a outra, a camisa xadrez limpa, o boné de lona branca, evidentemente feito por ele mesmo, compunham um todo de peculiar elegância, e a persistente graça de seu andar — até mesmo, pobre sujeito, quando ele não conseguia deixar de cambalear — revelavam seu espírito invencível. Havia também um homem chamado Gambril. Ele era a única pessoa grisalha no navio. Seu rosto era de um tipo austero. Mas, se eu me lembro bem de todos eles, devastando-se tragicamente diante dos meus olhos, a maioria de seus nomes desapareceu de minha memória.

As palavras que trocávamos eram poucas e pueris em face da situação. Eu tinha de me forçar para olhá-los no rosto. Esperava encontrar olhares de censura. Não havia nenhum. A expressão de sofrimento em seus olhos já era realmente difícil o bastante de suportar. Mas isso eles não podiam evitar. Quanto ao mais, pergunto a mim mesmo se era a têmpera de suas almas ou a solidariedade de sua imaginação que os tornava tão maravilhosos, tão dignos de meu imorredouro respeito.

Quanto a mim, nem minha alma tinha muita têmpera, nem minha imaginação estava propriamente sob controle. Havia momentos em que eu sentia não só que iria enlouquecer, mas que já tinha enlouquecido; de modo que não ousava abrir meus lábios, de medo de me trair por algum grito insano. Felizmente, eu tinha apenas ordens para dar, e uma ordem tinha uma influência estabilizadora sobre aquele que tem de dá-la. Além disso, o marinheiro, o oficial de quarto que existia em mim era suficientemente são. Eu era como um carpinteiro louco fazendo uma caixa. Ainda que ele estivesse convencido de ser o rei de Jerusalém, a caixa que faria seria uma caixa razoável. O que eu temia era que uma nota estridente escapasse de mim involuntariamente e perturbasse meu equilíbrio. Felizmente, mais uma vez, não havia nenhuma necessidade de erguer a voz. O silêncio taciturno do mundo parecia sensível ao mais ligeiro som, como uma galeria acústica. O tom de uma conversa normal era capaz, praticamente, de levar uma palavra de uma ponta à outra do navio. A coisa terrível era que a única voz que eu jamais ouvia era a minha própria. À noite, especialmente, ela reverberava muito solitária entre os planos das velas imóveis.

O sr. Burns, ainda de cama com aquele ar de secreta determinação, era levado a resmungar diante de muitas coisas. Nossas entrevistas eram assuntos de cinco minutos, mas bastante frequentes. Eu estava sempre descendo para buscar fósforos, embora não consumisse muito tabaco naquela época. O cachimbo estava sempre apagando; porque na verdade minha mente não estava serena o bastante para me permitir obter uma fumaça decente. Da mesma forma, na maior parte do tempo, durante as vinte e quatro horas eu poderia ter acendido fósforos no convés e os segurado no alto até que a chama queimasse meus dedos. Mas eu sempre costumava correr para a coberta. Era uma mudança. Era a única folga naquela tensão incessante. E, é claro, o sr. Burns através de sua porta aberta podia me ver entrar e sair a cada vez.

Com os joelhos juntos sob o queixo, e seus esverdeados olhos contemplativos sobre eles, ele era uma figura esquisita e, com meu conhecimento da ideia maluca em sua cabeça, não muito atraente para mim. Ainda assim, eu tinha de falar com ele de vez em quando, e um dia ele se queixou de que o navio era muito silencioso.

Por horas a fio, disse, ele ficava deitado ali, sem ouvir um som, até que não sabia o que fazer consigo mesmo.

— Quando Ransome, por acaso, está lá na frente em sua cozinha tudo é tão quieto que se poderia pensar que todo mundo no navio está morto — resmungou ele. — A única voz que de fato ouço, às vezes, é a sua, senhor, e isso não é suficiente para me animar. O que se passa com os homens? Será que não resta um que possa cantar em alto e bom som?

— Nenhum, sr. Burns — eu disse. — Não há nenhum fôlego a poupar para isso a bordo deste navio. Está ciente de que às vezes não consigo reunir mais de três homens para fazer nada?

Ele perguntou rapidamente, mas com medo:

— Ninguém morto ainda, senhor?

— Não.

— Isso não pode acontecer — o sr. Burns declarou energicamente. — Não devemos permitir. Se se apossar de um, vai pegar todos eles.

Protestei enfurecido ao ouvir isso. Creio que cheguei a praguejar sobre os efeitos perturbadores dessas palavras. Elas minaram todo o autocontrole que me restava. Em minha interminável vigília em face do inimigo eu tinha sido assombrado por imagens macabras suficientes. Tinha tido visões de um navio flutuando em calmarias e oscilando em leves aragens, com toda a sua tripulação morrendo devagar pelos seus conveses. Sabe-se que essas coisas acontecem.

O sr. Burns recebeu meu rompante com um misterioso silêncio.

— Ouça — eu disse. — O senhor mesmo não acredita no que diz. Não pode. É impossível. Não é o tipo de coisa que tenho o direito de esperar do senhor. Minha posição é ruim o suficiente sem ter medo de suas tolas fantasias.

Ele permaneceu imóvel. Em razão da maneira pela qual a luz incidia sobre sua cabeça, eu não podia saber ao certo se tinha sorrido debilmente ou não. Mudei meu tom.

— Ouça — eu disse. — A situação está ficando tão desesperadora que eu tinha pensado por um momento, já que não podemos seguir para o sul, em tentar aproar a oeste para tentar chegar à rota do barco-correio. Sempre poderíamos obter algum quinino dele, pelo menos. O que acha?

Ele exclamou:

— Não, não, não. Não faça isso, senhor. O senhor não deve nem por um minuto desistir de enfrentar aquele velho bandido. Se o fizer, ele vai levar a melhor sobre nós.

Deixei-o. Era impossível. Era como um caso de possessão. Seu protesto, contudo, era em essência muito sensato. De fato, minha ideia de rumar para oeste na esperança de avistar um improvável navio a vapor não resistia a um exame atento. No lado em que estávamos tínhamos vento suficiente, pelo menos de vez em quando, para continuar avançando rumo ao sul. O bastante, pelo menos para manter a esperança viva. Mas suponhamos que eu tivesse usado essas lufadas caprichosas de vento para navegar rumo ao oeste, até alguma região onde não houvesse um sopro de ar por dias a fio, e então? Talvez minha assustadora visão de um navio flutuando com a tripulação morta viesse a se tornar realidade para ser descoberta semanas depois por alguns marinheiros horrorizados.

Nessa tarde, Ransome me levou uma xícara de chá, e, enquanto esperava, bandeja na mão, observou no tom exato da solidariedade:

— Está resistindo bem, senhor.

— Sim — eu disse. — Você e eu parecemos ter sido esquecidos.

— Esquecidos, senhor?

— Sim, pelo demônio da febre que entrou a bordo deste navio — respondi.

Ransome deu-me um de seus atraentes, inteligentes e rápidos olhares e foi embora com a bandeja. Ocorreu-me que eu estivera falando um tanto à maneira do sr. Burns. Isso me aborreceu. No entanto, muitas vezes em momentos mais sombrios eu esquecia de mim mesmo e adotava, para com nossos problemas, uma atitude mais adequada para uma disputa contra um inimigo vivo.

Sim, o demônio da febre ainda não pusera a mão nem em Ransome nem em mim. Mas poderia fazê-lo a qualquer momento. Era um daqueles pensamentos que eu tinha de combater, manter a uma certa distância a qualquer custo. Era insuportável contemplar a possibilidade de Ransome, o camareiro do navio, ser subjugado. E o que aconteceria com meu comando se eu fosse derrubado, com o sr. Burns fraco demais para ficar de pé sem se agarrar ao seu beliche e o segundo imediato reduzido a um estado de permanente imbecilidade? Era impossível imaginar, ou melhor, era fácil demais imaginar.

Eu estava sozinho na popa. Como o navio não respondia ao leme, eu tinha mandado o timoneiro ir se sentar ou se deitar em algum lugar à sombra. A força dos homens era tão reduzida que todos os apelos a ela tinham de ser evitados. Era o austero Gambril com a barba grisalha. Ele se afastou muito prontamente, mas estava tão debilitado por repetidos acessos de febre, pobre coitado, que para descer a escada da popa teve de virar de lado e se agarrar com as duas mãos ao corrimão de cobre. Observar aquilo era simplesmente de cortar o coração. Ele não estava nem muito pior nem muito melhor do que a meia dúzia de vítimas miseráveis que eu conseguira reunir no convés.

Foi uma tarde terrivelmente mortiça. Por vários dias seguidos nuvens baixas tinham aparecido à distância, massas brancas com convoluções escuras repousando na água, imóveis, quase sólidas, e, no entanto, o tempo todo mudando sutilmente de aspecto. Com o cair da tarde elas em geral desapareciam. Mas nesse dia esperaram o pôr do sol, que brilhou e ardeu com irritação entre elas antes de sumir. As estrelas pontuais e monótonas reapareceram acima de nossos mastros, mas o ar continuou estagnado e opressivo.

O infalível Ransome acendeu as lâmpadas da bitácula e deslizou até mim como uma sombra.

— Não quer descer e tentar comer alguma coisa, senhor? — ele sugeriu.

Sua voz baixa me sobressaltou. Eu estivera de pé olhando por cima da amurada, não dizendo nada, não sentindo nada, nem mesmo o cansaço de meus membros, subjugado pelo feitiço maligno.

— Ransome — perguntei abruptamente —, quanto tempo passei aqui a bordo? Estou perdendo a noção do tempo.

— Doze dias, senhor — disse ele. — E faz exatamente uma quinzena desde que saímos do ancoradouro. — Sua voz serena soou de certo modo pesarosa. Ele esperou um pouco, depois acrescentou: — É a primeira vez que parece que vamos ter alguma chuva.

Notei, então, a larga sombra no horizonte, extinguindo as estrelas baixas por completo, ao passo que aquelas no alto, quando levantei os olhos, pareciam brilhar sobre nós através de um véu de fumaça.

Como ela tinha ido parar lá, como tinha chegado tão alto, eu não podia dizer. Tinha um aspecto sinistro. O ar não se movia. A um renovado convite de Ransome, desci ao camarote para — em suas próprias palavras — "tentar comer alguma coisa". Não sei se a tentativa foi bem-sucedida. Suponho que nesse período eu existi à base de comida à maneira usual; mas a lembrança que tenho agora é que naqueles dias a vida era sustentada por invencível angústia, como uma espécie de estimulante que excitava e consumia ao mesmo tempo.

Foi o único período da minha vida em que tentei manter um diário. Não, não foi o único. Anos depois, em condições de isolamento moral, pus no papel os pensamentos e acontecimentos de um grande número de dias. Mas essa foi a primeira vez. Não me lembro como ela surgiu ou como o caderno e o lápis foram parar nas minhas mãos. É inconcebível que eu os tivesse procurado de propósito. Suponho que eles me salvaram do artifício maluco de falar sozinho.

Bastante estranhamente, em ambos os casos recorri a esse tipo de coisa em circunstâncias em que não esperava, numa expressão coloquial, "sair dessa". Tampouco eu podia esperar que o registro sobrevivesse a mim. Isso mostra que se tratou puramente de uma necessidade pessoal de alívio íntimo e não de um apelo do egotismo.

Aqui devo dar uma outra amostra disso, algumas linhas separadas, agora parecendo muito fantasmagóricas aos meus próprios olhos, tiradas da parte escrita naquela mesma noite:

"Há alguma coisa acontecendo no céu como uma decomposição; como uma corrupção do ar, que permanece tão parado como sempre. No fundo, meras nuvens, que podem ou não conter vento ou chuva. É estranho que isso deva me perturbar tanto. Sinto como se meus pecados tivessem me descoberto. Mas suponho que o problema é que o navio continua jazendo imóvel, não sob comando; e que eu não tenha nada a fazer para impedir minha imaginação de descontrolar-se entre as desastrosas imagens do pior que pode nos suceder. O que vai acontecer? Provavelmente nada. Ou qualquer coisa. Pode ser a aproximação de uma furiosa ventania, pela traseira. E no convés há cinco homens com a vitalidade e a força de, digamos, dois. Podemos ter todas as nossas velas levadas embora. Todo ponto de lona vinha largo desde que tínhamos arrancado o ferro na foz do Mei-Nam, quinze dias atrás…

ou quinze séculos. Parece-me que toda a minha vida antes daquele dia memorável está infinitamente distante, uma lembrança desbotada da juventude despreocupada, algo do outro lado de uma sombra. Sim, velas podem muito bem ser arrancadas. E isso seria como uma sentença de morte para os homens. Não temos força suficiente a bordo para dobrar mais uma andaina; parece inacreditável, mas é verdade. Ou podemos até ter os mastros quebrados. Navios perderam seus mastros em ventanias simplesmente porque não foram manobrados com a rapidez necessária, e não temos forças suficientes para girar as vergas. É como ter as mãos e os pés atados antes que nos cortem a garganta. E o que mais me aterroriza de tudo isso é que tenho medo de subir ao convés para enfrentá-lo. Devo isso ao navio, devo isso aos homens que estão no convés — alguns deles, prontos para esgotar o último resquício de sua força a uma palavra minha. E estou me furtando a isso. Da mera visão. Meu primeiro comando. Agora compreendo aquela estranha sensação de insegurança em meu passado. Sempre desconfiei de que eu podia não ter valor. E aqui está a prova concreta. Estou com medo. Não valho nada."

Nesse momento, ou talvez no momento seguinte, dei-me conta de Ransome parado no camarote. Alguma coisa em sua expressão me alarmou. Ele tinha um significado que não pude decifrar. Exclamei:

— Alguém morreu.

Foi a vez de ele parecer alarmado.

— Morto? Não que eu saiba, senhor. Estive no castelo de proa apenas dez minutos atrás e não havia nenhum homem morto lá.

— Você me assustou — eu disse.

Sua voz era extremamente agradável. Ele explicou que descera para fechar a vigia do sr. Burns para o caso de chover.

— Ele não percebeu que eu estava no camarote — acrescentou.
— Como está o tempo lá fora? — eu lhe perguntei.
— Realmente muito escuro, senhor. Alguma coisa está vindo nele, com certeza.
— De que lado?
— Em toda parte, senhor.

Repeti sem nenhum propósito em específico o "Em toda parte. Com certeza", com meus cotovelos na mesa.

Ransome demorou-se na cabine, como se tivesse alguma coisa para fazer lá, mas hesitasse quanto a fazê-la. Eu disse de repente:

— Você acha que eu deveria estar no convés?

Ele respondeu de pronto, mas sem nenhuma ênfase ou entonação particular:

— Acho, senhor.

Levantei-me rapidamente e ele abriu caminho para eu sair. Quando passei pelo saguão, ouvi a voz do sr. Burns dizendo:

— Feche a porta do meu quarto, por favor, comissário?

E a de Ransome bastante surpresa:

— Certamente, senhor.

Pensei que todos os meus sentimentos tinham sido embotados, reduzidos à completa indiferença. Mas achei tão penoso como sempre estar no convés. A escuridão impenetrável cercava o navio tão de perto que parecia que ao enfiar a mão além da balaustrada se poderia tocar em alguma substância sobrenatural. Havia nela um efeito de inconcebível terror e de inexprimível mistério. As poucas estrelas no alto irradiavam uma luz vaga apenas sobre o navio, sem nenhum brilho de qualquer tipo sobre a água, em raios separados que perfuravam uma atmosfera que tinha se tornado tão enfarruscada. Era algo que eu nunca vira antes, não dando nenhuma pista da direção da qual qualquer mudança viria, a aproximação de uma ameaça que nos cercava por todos os lados.

Ainda não havia nenhum homem no leme. A imobilidade de todas as coisas era perfeita. Se o ar havia se enegrecido, o mar, por tudo que eu sabia, podia ter se solidificado. De nada adiantava olhar em nenhuma direção, procurar nenhum sinal, especular sobre a proximidade do momento. Quando a hora chegasse a escuridão iria suplantar silenciosamente o pouco de luz das estrelas que caía sobre o navio, e o fim de todas as coisas viria sem um suspiro, um movimento ou murmúrio de qualquer tipo, e todos os nossos corações cessariam de bater como relógios sem corda.

Era impossível livrar-se desse sentido de finalidade. A quietude que baixou sobre mim era como um antegosto de aniquilamento. Ela me deu uma espécie de conforto, com se minha alma tivesse ficado subitamente reconciliada com uma eternidade de quietude.

Apenas o instinto do marinheiro sobrevivia inteiro em minha dissolução moral. Desci a escada para a tolda. A luz das estrelas pareceu morrer antes que eu chegasse a esse ponto, mas, quando perguntei calmamente "Vocês estão aí, homens?", meus olhos divisaram formas de sombras formando-se ao meu redor, muito poucas, muito indistintas; e uma voz falou:

— Todos aqui, senhor.

Um outro corrigiu ansiosamente:

— Todos os que prestam para alguma coisa, senhor.

Ambas as vozes eram muito calmas e não ressoantes; sem nenhum caráter especial de prontidão ou desencorajamento. Vozes muito prosaicas.

— Devemos tentar puxar esta vela mestra para perto — eu disse.

As sombras afastaram-se de mim sem uma palavra. Esses homens eram os fantasmas deles mesmos, e seu peso sobre uma corda poderia ser não mais que o peso de um bando de fantasmas. De fato, se algum dia uma vela foi puxada pela pura força espiritual deve ter sido aquela vela, pois, a bem dizer, não havia músculo suficiente para a tarefa em todo o navio, muito menos no nosso miserável grupo no convés. É claro que eu mesmo assumi a liderança no trabalho. Eles vagaram em lerdeza atrás de mim de cabo a cabo, trôpegos e ofegantes. Mourejaram como Titãs. Isso no custou pelo menos meia hora, e o tempo todo o universo cinza-chumbo não emitiu nenhum som. Quando a última apaga-penol foi amarrada, meus olhos, acostumados à escuridão, distinguiram as formas de homens exaustos desfalecendo sobre as amuradas, prostrados nas escotilhas. Um deles estava escorado no cabrestante de popa, tentando recuperar o fôlego, e eu me erguia entre eles como uma torre de força, imune à doença e sentindo somente a doença da minha alma. Esperei por algum tempo lutando contra o peso de meus pecados, contra meu senso de indignidade, e depois disse:

— Agora, homens, vamos à popa cruzar a verga grande. Isso é mais ou menos tudo que podemos fazer pelo navio. E quanto ao resto, ele deve se arriscar.

6

Enquanto nós todos subíamos, ocorreu-me que era preciso haver um homem no leme. Ergui minha voz não muito acima de um sussurro e, sem ruído, um espírito resignado num corpo devastado pela febre apareceu na luz à ré, a cabeça de olhos vazios iluminada contra a escuridão que tinha engolido nosso mundo — e o universo. O antebraço nu estendido sobre as malaguetas parecia brilhar com uma luz própria.

Murmurei para essa aparição luminosa:

— Mantenha o leme bem a meio.

Ela respondeu num tom de paciente sofrimento:

— Bem a meio, senhor.

Depois desci à tolda. Era impossível saber de onde o golpe viria. Examinar o navio era examinar um poço sem fundo, a escuridão. O olho se perdia em inconcebíveis profundezas.

Eu queria verificar se os cabos tinham sido recolhidos do convés. Só era possível fazer isso sentindo com os próprios pés. Em meu cauteloso progresso, fui de encontro a um homem em quem reconheci Ransome. Ele possuía uma perfeita solidez física que se manifestou para mim ao contato. Estava apoiado contra o cabrestante da tolda e manteve silêncio. Foi como uma revelação. Ele era a figura caída que soluçava em busca de fôlego que eu notara antes que fôssemos para a popa.

— Você esteve ajudando com a vela mestra! — exclamei num tom baixo.

— Sim, senhor — soou sua voz tranquila.

— Homem! Onde você estava com a cabeça? Você não deve fazer esse tipo de coisa.

Depois de uma pausa, ele concordou:

— Suponho que não devo. — Então, após um outro breve silêncio ele acrescentou depressa, entre as arfadas reveladoras: — Estou bem agora.

Eu não podia nem ouvir nem ver mais ninguém; mas, quando falei, murmúrios tristes encheram a tolda e sombras pareceram deslizar aqui e a ali. Ordenei que todas as adriças fossem postas no convés, desimpedidas para correr.

— Vou cuidar disso, senhor — ofereceu-se Ransome com sua voz natural, agradável, que confortava uma pessoa e despertava a sua compaixão, também, de certo modo.

Esse homem devia estar em sua cama, repousando, e meu evidente dever era mandá-lo para lá. Mas talvez ele não tivesse me obedecido; eu não tinha o ânimo de tentar. Tudo que eu disse foi:

— Cuide disso com calma, Ransome.

Retornando à popa, aproximei-me de Gambril. Seu rosto, sulcado por sombras profundas à luz, parecia horrível, finalmente silenciado. Perguntei-lhe como se sentia, mas quase não esperava uma resposta. Por isso, fiquei espantado com sua relativa loquacidade.

— Aqueles tremores me deixam fraco como um gatinho, senhor — disse ele, preservando primorosamente aquele ar de inconsciência de qualquer coisa exceto sua obrigação que um timoneiro jamais deveria perder. — E antes que eu recupere minha força, aquele acesso de calor chega e me derruba de novo.

Ele suspirou. Não havia censura em seu tom, mas as simples palavras bastaram para me dar uma horrível pontada de remorso. Ela me deixou calado por algum tempo. Quando a sensação angustiante tinha passado, perguntei:

— Você se sente forte o bastante para aguentar o leme se o navio cair a ré? Não podemos sofrer alguma avaria nos equipamentos justo agora. Já temos problemas suficientes para enfrentar do jeito que as coisas estão.

Ele respondeu com apenas uma sombra de cansaço que estava forte o bastante para aguentar. Podia me prometer que o navio não tiraria o leme de suas mãos. Mais do que isso, não podia dizer.

Naquele momento Ransome apareceu muito perto de mim, saindo da escuridão e entrando no meu campo de visão de repente, como se tivesse sido acabado de ser criado com seu rosto sereno e voz agradável.

Todos os cabos no convés, ele disse, tinham sido recolhidos, até onde era possível certificar-se disso pelo tato. Era impossível enxergar qualquer coisa. O Frenchy havia se postado à proa. Disse que ainda lhe sobrava energia para um pulo ou dois.

Aqui um débil sorriso alterou por um instante o claro e firme desenho dos lábios de Ransome. Com seus olhos sérios, cinzentos, seu temperamento sereno... ele era um homem absolutamente inestimável. A alma era tão firme quanto os músculos de seu corpo.

Ele era o único homem a bordo (exceto eu, mas eu devia preservar minha liberdade de movimento) que tinha força muscular suficiente em que se confiar. Por um momento, pensei que o melhor seria lhe pedir para assumir o leme. Mas o medonho conhecimento do inimigo que ele tinha de carregar consigo me fez hesitar. Em minha ignorância sobre fisiologia, ocorreu-me que ele poderia morrer de repente, de excitação, num momento crítico.

Enquanto esse pensamento macabro continha as palavras que estavam prontas na ponta da minha língua, Ransome deu dois passos atrás e desapareceu da minha visão.

De imediato, uma inquietação me possuiu, como se algum apoio me tivesse sido retirado. Movi-me para a frente, também, fora do círculo de luz, para a escuridão que se colocava diante de mim como um muro. Com um passo, penetrei nela. Essa devia ter sido a escuridão antes da criação. Ela se fechara atrás de mim. Eu sabia que era invisível para o homem no leme. Eu também não podia ver nada. Ele estava sozinho, eu estava sozinho, cada homem estava sozinho onde se encontrava. E cada forma desapareceu também, mastro, vela, aparelhos, balaústres; tudo estava apagado na medonha fluidez daquela noite absoluta.

Um relâmpago teria sido um alívio — isto é, fisicamente. Eu teria rezado por ele se não fosse pelo meu covarde temor de trovão. Na tensão do silêncio que eu estava sofrendo, parecia-me que o primeiro estrondo deveria me reduzir a pó.

E um trovão era, muito provavelmente, o que aconteceria em seguida. Todo enrijecido e mal respirando, esperei com uma expectativa horrivelmente tensa. Nada aconteceu. Era enlouquecedor, mas uma dor imprecisa e crescente na parte inferior de meu rosto me tornou consciente de que eu estivera rangendo os dentes de maneira muito enlouquecida Deus sabe por quanto tempo.

É extraordinário que eu não tivesse ouvido a mim mesmo fazendo isso; mas não tinha. Por um esforço que absorveu todas as minhas faculdades, consegui manter meu maxilar parado. Isso exigiu muita atenção. Enquanto estava assim ocupado, fui perturbado por curiosos sons irregulares de leves batidas no convés. Elas podiam ser ouvidas isoladamente, em pares, em grupos. Enquanto eu estranhava essa misteriosa diabrura, recebi um ligeiro golpe sob o olho esquerdo e senti uma enorme lágrima escorrer pela minha bochecha. Gotas de chuva. Enormes. Precursoras de alguma coisa. Tap. Tap. Tap...

Virei-me e, dirigindo-me a Gambril seriamente, roguei-lhe que "ficasse firme no leme". Mas eu mal podia falar de emoção. O momento fatal chegara. Prendi a respiração. As batidas tinham parado tão inesperadamente quanto tinham começado, e houve um momento renovado de intolerável suspense; algo como uma volta adicional no parafuso da tortura. Não creio que eu teria gritado, mas lembro de minha convicção de que não havia mais nada a fazer senão gritar.

E de repente — como posso expressar isso? Bem, de repente a escuridão se transformou em água. Essa é a única imagem adequada. Uma chuva forte, um aguaceiro, avança, fazendo um barulho. Ouve-se a aproximação no mar, no ar também, acredito verdadeiramente. Mas isso foi diferente. Sem nenhum sussurro ou farfalhar preliminar, sem um borrifo, e até sem o fantasma do impacto, fiquei instantaneamente ensopado até a alma. Não foi algo muito difícil, já que eu estava usando apenas minha roupa de dormir. Meu cabelo ficou encharcado num instante, água escorria sobre a minha pele, enchia meu nariz, meus ouvidos, meus olhos. Numa fração de segundo, engoli grande quantidade dela.

Quanto a Gambril, ele ficou bastante engasgado. Tossia miseravelmente, a tosse de um homem doente; e eu o contemplei como vemos um peixe num aquário à luz de uma lâmpada elétrica, uma forma elusiva, fosforescente. Só que ele não deslizava para longe. Mas uma outra coisa aconteceu. Ambas as lâmpadas das bitáculas se apagaram. Suponho que a água penetrou nelas, embora eu não teria julgado isso possível porque elas se ajustavam à coberta perfeitamente.

O último lampejo de luz no universo desaparecera, perseguido por uma baixa exclamação de desalento de Gambril. Procurei-o e agarrei o seu braço. Como ele estava consumido!

— Esqueça! — eu disse. — Você não quer a luz. Tudo que você precisa fazer é manter o vento, quando ele chegar, nas costas de sua cabeça. Compreende?

— Sim, sim, senhor... Mas eu gostaria de ter uma luz — ele acrescentou com nervosismo.

Durante todo esse tempo o navio permaneceu tão firme quanto uma rocha. O barulho da água escorrendo das velas e dos mastros, escorrendo sobre a popa, havia cessado de repente. Os embornais da popa gorgolejaram e soluçaram por mais algum tempo, e depois um perfeito silêncio, unido a perfeita imobilidade, proclamou o feitiço ainda não quebrado de nosso desamparo, equilibrado na borda de alguma questão violenta, à espreita na escuridão.

Saí correndo para a proa. Eu não precisava enxergar para andar pela popa de meu malfadado primeiro comando com perfeita segurança. Cada metro quadrado de seus conveses estava indelevelmente impresso em meu cérebro, até a própria granulação e nós das tábuas. No entanto, de repente, tropecei em alguma coisa, caindo de corpo inteiro sobre minhas mãos e rosto.

Era alguma coisa grande e viva. Não um cachorro — mais parecido com uma ovelha, de fato. Mas não havia animais no navio. Como podia um animal... Foi um horror adicional e fantástico a que não pude resistir. Os cabelos de minha cabeça eriçaram-se enquanto eu me levantava, terrivelmente amedrontado; não como um homem fica apavorado quando seu julgamento e sua razão ainda tentam resistir, mas completamente, ilimitadamente, e por assim dizer, inocentemente apavorado — como uma criancinha.

Eu pude vê-La: aquela Coisa! A escuridão, da qual uma parte tão grande acabara de se transformar em água, ficara um pouco menos espessa. Lá estava Ela! Mas a ideia de que o sr. Burns estivesse saindo da gaiuta de gatinhas não me ocorreu até que ele tentou se levantar, e mesmo então a ideia de um urso passou pela minha cabeça primeiro.

Ele rugiu como um quando o agarrei pela cintura. Tinha se abotoado num enorme sobretudo de inverno feito de algum material lanoso, cujo peso era excessivo para seu estado combalido. Eu mal pude sentir o contorno incrivelmente fino de seu corpo, perdido dentro do tecido grosso, mas seu rosnado tinha profundidade e substância: Maldito navio imundo com um bando de covardes que pisam em ovos! Por que eles não podiam bater o pé e ir com um contravento? Não havia um miserável bobalhão entre eles apto a erguer um grito agarrado a um cabo?

— Esquivar-se não adianta, senhor. — Ele me atacou diretamente. — Não dá para se esgueirar ao passar por aquele facínora assassino. Não é por aí. O senhor precisa enfrentá-lo com coragem. Como eu fiz. É de coragem que o senhor precisa. Mostre-lhe que não se importa com nenhum de seus malditos truques. Provoque uma velha briga divertida!

— Meu Deus, sr. Burns — eu disse com irritação. — Que diabo o senhor está aprontando? O que lhe deu para subir ao convés nesse estado?

— Justamente isso! Coragem. A única maneira de assustar aquele velho tratante metido a valentão.

Empurrei-o, ainda rosnando, contra a amurada.

— Agarre-se nela — eu disse com rispidez. Não sabia o que fazer com ele. Deixei-o, apressado para ir ao encontro de Gambril, que tinha soltado um grito, ainda que fraco, que acreditava que havia algum vento no ar. De fato, meus próprios ouvidos tinham captado um fraco esvoaçar de lona molhada, lá no alto, o tilintar de uma frouxa escota de corrente...

Eram sons misteriosos, alarmantes na quietude morta do ar à minha volta. Todas as histórias que eu tinha ouvido de mastaréus sendo arrancados de um navio quando não havia vento suficiente no convés para apagar um fósforo acorreram à minha memória.

— Não estou vendo as gáveas, senhor — declarou Gambril, trêmulo.

— Não mova o leme. Tudo vai dar certo — eu disse, confiante.

Os nervos do coitado estavam em frangalhos. Os meus não estavam em condições muito melhores. Era o momento de máxima tensão e senti-me aliviado pela abrupta sensação de que o navio estava avançando como se por si mesmo sob meus pés. Escutei claramente o sussurro do vento no alto, o ranger grave dos mastaréus recebendo o impulso, muito antes de poder sentir o mínimo sopro no meu rosto voltado para a ré, ansioso e desorientado como o rosto de um cego.

De repente uma nota mais alta encheu nossos ouvidos, a escuridão começou a correr contra nossos corpos, enregelando-nos. Nós dois, Gambril e eu, tremíamos violentamente em nossas roupas de algodão fino ensopadas, grudadas no corpo. Eu disse a ele:

— Está tudo bem com você, meu rapaz. Tudo que você tem que fazer é manter o vento atrás da sua cabeça. Com certeza é capaz disso. Uma criança poderia conduzir este navio em águas calmas.

Ele resmungou:

— Sim! Uma criança saudável. — E senti vergonha de ter sido poupado pela febre que tinha estado atacando as forças de todos os homens exceto as minhas, para que meu remorso pudesse ser mais amargo, o sentimento de indignidade mais pungente, e o senso de responsabilidade mais difícil de suportar.

Quase num instante o navio tinha avançado um bom caminho na água calma. Eu o senti deslizando por ela sem nenhum outro ruído além de um misterioso farfalhar no costado. No mais, ele não fazia absolutamente nenhum movimento, não se erguia nem se jogava. Era uma estabilidade desalentadora, que já durava dezoito dias agora; porque nunca, nunca tivemos vento suficiente nesse período para suscitar a menor agitação do mar. A brisa esfriou de repente. Pensei que era hora de tirar o sr. Burns do convés. Ele me preocupava. Eu o considerava um lunático que tinha muita probabilidade de começar a perambular pelo navio e quebrar um membro ou cair no mar.

Fiquei verdadeiramente satisfeito ao descobrir que ele tinha permanecido esperando onde eu o deixara, de maneira suficientemente sensata. Estava, contudo, murmurando consigo mesmo ameaçadoramente.

Isso era desanimador. Comentei num tom casual:

— Nunca tivemos tanto vento desde que deixamos o ancoradouro.

— Há alguma piedade nele também — ele rosnou judiciosamente. Era o comentário de um marinheiro perfeitamente são. Mas acrescentou de imediato: — Já era hora de eu subir ao convés. Estive guardando minhas forças para isso... só para isso. Entende, senhor?

Eu disse que entendia e continuei a sugerir que seria aconselhável que ele descesse agora e repousasse.

Sua resposta foi um indignado:

— Descer! Não se eu souber o que estou fazendo, senhor.

Muito animador! Ele era um horrível aborrecimento. E de repente começou a discutir. Eu podia sentir sua louca excitação mesmo no escuro.

— Não sabe lidar com a situação, senhor. Como poderia? Todos esses cochichos e evasivas não servem para nada. O senhor não vai passar às escondidas por um bruto, astuto, desperto e vil como ele. O senhor nunca o ouviu falar. É o suficiente para deixar seu cabelo em pé. Não! Não! Ele não estava louco. Não estava mais louco do que eu. Era apenas absolutamente perverso. Perverso o bastante para assustar a maioria das pessoas. Vou lhe contar o que ele era. No fundo, não era nada menos que um ladrão e um assassino. E pensa que ele está diferente em alguma coisa agora porque está morto? Não ele! Sua carcaça jaz a cem braças de profundidade, mas ele é exatamente o mesmo... na latitude 8º 20' Norte.

Ele fungou com um ar de desafio. Notei com fatigada resignação que a brisa tinha amainado enquanto ele vociferava. Ele recomeçou.

— Eu devia ter jogado o miserável fora do navio por sobre a amurada como um cachorro. Foi só por causa dos homens... Imagine ter de ler o Serviço Fúnebre para um bruto daqueles! "Nosso falecido irmão"... Eu teria rido. Era isso que ele não podia suportar. Suponho que sou o único homem que jamais se levantou para rir dele. Quando ele ficou doente, o riso costumava assustar aquele... irmão... irmão... falecido... Antes chamar um tubarão de irmão.

A brisa tinha arrefecido tão de repente que o seguimento do navio trouxe as velas molhadas pesadamente contra o mastro. O intervalo de calmaria mortal nos apanhara de novo. Parecia não haver escapatória.

— Que é isso? — exclamou o sr. Burns numa voz sobressaltada. — Calmaria de novo!

Dirigi-me a ele como se estivesse são.

— Esse é o tipo de coisa que temos tido há dezessete dias, sr. Burns — eu disse com intensa amargura. — Uma lufada, depois uma calmaria, e dentro de um momento, o senhor verá, ele estará balançando em seu calcanhar com a cabeça fora de seu curso apontada para o diabo em algum lugar.

Ele agarrou a palavra.

— O velho diabo fujão — berrou em tom agudo, e irrompeu num riso tão alto como eu nunca ouvira antes. Era uma gargalhada provocante, zombeteira, com uma nota estridente e desafiadora de pôr os cabelos de pé. Dei um passo atrás, totalmente confuso.

No mesmo instante houve uma agitação na tolda; murmúrios de consternação. Uma voz aflita exclamou da escuridão abaixo de nós.

— Quem foi que enlouqueceu agora?

Talvez achassem que era o capitão. Pressa não é a palavra que pudesse ser aplicada à máxima velocidade de que os pobres coitados eram capazes. Mas num tempo espantosamente curto todos os homens no navio capazes de andar eretos estavam a caminho daquela popa.

Gritei para eles:

— É o imediato. Agarrem-no, alguns de vocês...

Esperei que isso fosse acabar num horripilante tipo de luta. Mas o sr. Burns interrompeu sua gargalhada estridente de súbito e se virou para eles ferozmente, gritando:

— A-ha! Malditos vocês! Acharam suas línguas, não foi? Achei que fossem mudos. Bem então, riam! Riam, estou lhes dizendo. Agora, então, todos juntos. Um, dois três: riam!

Seguiu-se um momento de silêncio, de um silêncio tão profundo que você teria podido ouvir um alfinete cair no convés. Então, a voz imperturbável de Ransome pronunciou agradavelmente as palavras:

— Acho que ele desmaiou, senhor... — O pequeno grupo imóvel de homens agitou-se com baixos murmúrios de alívio. — Estou com ele debaixo dos braços. Agarre suas pernas, alguém.

Sim. Foi um alívio. Ele foi silenciado por algum tempo. Eu não poderia ter suportado mais um repique daquele grito insano. Eu tinha certeza disso; e exatamente nesse momento Gambril, o austero Gambril, serviu-nos outra performance vocal. Começou a cantar suplicando que o rendessem. Sua voz gemia pateticamente na escuridão:

— Alguém venha à ré. Não posso suportar isso. O navio vai perder o rumo de novo imediatamente e não posso...

Eu mesmo saí correndo, encontrando em meu caminho um forte golpe de vento cuja aproximação o ouvido de Gambril detectara de longe e que encheu as velas do mastro grande numa série de rumores abafados misturados com o gemido grave da mastreação. Cheguei justo a tempo de agarrar o leme enquanto Frenchy, que tinha me seguido, segurou o desfalecente Gambril. Ele o tirou do caminho, insistiu para que ficasse deitado, quieto onde estava, e depois foi me render, perguntando calmamente:

— Como devo governá-lo, senhor?

— Com o vento à popa, por enquanto. Vou lhe conseguir uma luz em breve.

Avançando, encontrei Ransome trazendo a lâmpada de bitácula sobressalente. Aquele homem percebia tudo, cuidava de tudo, espalhava conforto à sua volta à medida que se movia. Quando passou por mim, comentou num tom reconfortante que as estrelas estavam aparecendo. Elas estavam. A brisa varria o céu fuliginoso, invadindo o silêncio indolente do mar.

A barreira da terrível calmaria que nos envolvera por tantos dias como se tivéssemos sido amaldiçoados fora rompida. Senti isso. Deixei-me cair no banco do albói. Uma fraca crista branca de espuma, fina, muito fina, quebrou junto ao costado. A primeira em séculos — em séculos. Eu poderia ter comemorado se não fosse pelo sentimento de culpa que aderia secretamente a todos os meus pensamentos. Ransome estava ao meu lado.

— Como está o imediato? — perguntei com ansiedade. — Ainda inconsciente?

— Bem, senhor... é engraçado. — Ransome estava evidentemente intrigado. — Ele não falou uma palavra, e seus olhos estão fechados. Mas tenho a impressão de que aquilo se parece mais com sono profundo do que com qualquer outra coisa.

Aceitei essa opinião como a menos problemática de todas, ou de qualquer modo, a menos perturbadora. Desmaiado ou profundamente adormecido, o sr. Burns tinha de ficar entregue a si mesmo naquele momento. Ransome observou subitamente:

— Acho que o senhor precisa de um casaco, senhor.

— Acredito que sim — suspirei.

Mas não me mexi. O que sentia que queria eram novos membros. Meus braços e pernas pareciam inteiramente inúteis, completamente gastos. Eles nem sequer doíam. Mesmo assim, levantei-me para vestir o casaco quando Ransome o trouxe. E, quando ele sugeriu que seria melhor agora ele "levar Gambril para a frente", respondi:

— Ok, vou ajudar você a descê-lo até o convés principal.

Achei que estava perfeitamente apto a ajudar também. Levantamos Gambril entre nós. Ele tentou se manter de pé como um homem, mas o tempo todo perguntava de maneira comovente:

— Não vão me largar quando chegarmos à escada? Não vão me largar quando chegarmos à escada?

A brisa continuava esfriando e soprava com mais força, sempre a nosso favor. À luz do dia, graças a uma cuidadosa manipulação do leme, conseguimos que as vergas do traquete braceassem por si sós (a água continuava calma) e depois passamos a arrastar as cordas. Dos quatro homens que eu tinha comigo à noite, agora eu só podia ver dois. Não perguntei pelos outros. Tinham desistido. Apenas por algum tempo, eu esperava.

As tarefas que tínhamos pela frente ocuparam-nos por horas, os dois homens que eu tinha comigo moviam-se muito devagar e com demasiada frequência tinham de descansar. Um deles comentou que "cada maldita coisa a bordo parecia umas cem vezes mais pesada do que devia". Esta foi a única reclamação pronunciada. Não sei o que teria sido de nós sem Ransome. Ele trabalhava conosco, em silêncio também e com um sorrisinho congelado em seus lábios. De tempos em tempos, eu murmurava para ele "Calma, não se afobe, Ransome" e recebia um rápido olhar em resposta.

Quando tínhamos feito tudo que podíamos para tornar as coisas seguras, ele desapareceu em sua cozinha. Algum tempo depois, avançando para olhar em volta, avistei-o pela porta aberta. Estava sentado ereto no armário em frente ao fogão, com a cabeça inclinada para trás contra o tabique. Seus olhos estavam cerrados; suas mãos competentes mantinham aberta a frente de sua fina camisa de algodão, desnudando de maneira trágica seu peito forte, que subia e descia em penosos e cansativos arquejos. Ele não me escutou.

Afastei-me em silêncio e fui direto para a popa para render Frenchy, que nessa altura começava a parecer muito doente. Ele me deu o rumo com grande formalidade e tentou se afastar com um passo lépido, mas cambaleou amplamente duas vezes antes de sumir da minha vista.

Depois, fiquei completamente sozinho na popa, conduzindo meu navio, que corria antes do vento, flutuando levemente de vez em quando, e até batendo um pouco na água. Dentro em pouco Ransome apareceu na minha frente com uma bandeja. A visão de comida deixou-me faminto de imediato. Ele segurou o leme enquanto eu me sentava no gradil para tomar meu café.

— Esta brisa parece ter acabado com nosso pessoal — ele murmurou. — Ela simplesmente os derrubou... todos os homens.

— Sim — eu disse. — Acho que você e eu somos os dois únicos homens em forma no navio.

— O Frenchy diz que ainda lhe sobra um pouco de energia. Não sei. Não pode ser muita — continuou Ransome com um sorriso pensativo. — Bom homenzinho, aquele. Mas suponha, senhor, que esse vento nos ronde quando estivermos perto da terra... o que vamos fazer com o navio?

— Se o vento virar com força depois que estivermos perto da terra, o navio ou dará à costa ou perderá o mastro ou as duas coisas. Não seremos capazes de fazer nada com ele. Ele está escapando de nós agora. A única coisa que podemos fazer é governá-lo. Ele é um navio sem tripulação.

— Sim. Todos derrubados — repetiu Ransome calmamente. — Dou uma olhada neles de vez em quando, mas não posso fazer praticamente nada por eles.

— Eu, e o navio, e todos a bordo dele, estamos muito agradecidos a você, Ransome — eu disse calorosamente.

Ele fez como se não tivesse me ouvido, e manejou o leme em silêncio, até que eu estivesse pronto para rendê-lo. Entregou o leme, pegou a bandeja e, à guisa de despedida, informou-me que o sr. Burns estava acordado e parecia pretender subir ao convés.

— Não sei como impedi-lo, senhor. Não posso passar o tempo todo lá embaixo.

Estava claro que não podia. E de fato o sr. Burns apareceu no convés arrastando-se penosamente para a ré em seu enorme sobretudo. Contemplei-o com um pavor natural. Tê-lo por perto e esbravejando sobre os embustes de um homem morto enquanto eu tinha de governar um navio em velocidade descontrolada cheio de moribundos era de fato uma perspectiva bastante temível.

Mas suas primeiras observações foram bastante sensatas em sentido e tom. Ao que parecia, ele não se lembrava da cena da noite. Se lembrava, não se traiu nenhuma vez. Tampouco falou muito. Sentou-se na claraboia parecendo desesperadamente doente, mas aquela brisa forte frente à qual os últimos restos de minha tripulação tinham definhado pareceu insuflar uma nova dose de vigor em sua estrutura a cada rajada. Era possível quase ver o processo.

Como um teste de sanidade, aludi de propósito ao falecido capitão. Fiquei satisfeito ao ver que o sr. Burns não manifestou interesse indevido pelo assunto. Relembrou a velha história das iniquidades do rude facínora com certo prazer vingativo e depois concluiu inesperadamente:

— Eu acredito, senhor, que seu cérebro começou a descarrilar um ano ou mais antes que ele morresse.

Uma maravilhosa recuperação. Eu mal pude lhe demonstrar toda a admiração que merecia, porque tinha de manter toda minha atenção concentrada na condução do navio.

Em comparação com o langor irremediável dos dias anteriores essa era uma rapidez vertiginosa. Dois sulcos de espuma fluíam das amuras do navio; o vento entoava uma nota vigorosa que, em outras circunstâncias, teria expressado para mim toda a alegria da vida. Sempre que a vela mestra chegada ao vento começava a tentar panejar e bater até se rasgar em seu aparelho, o sr. Burns olhava para mim apreensivo.

— O que gostaria que eu fizesse, sr. Burns? Não podemos nem enrolá-la nem armá-la. Eu só gostaria que essa velharia se esfarrapasse de uma vez por todas e acabasse com isso. Essa barulheira horrível me dá nos nervos.

O sr. Burns torceu as mãos e exclamou de repente:

— Como pretende levar o navio para o porto, senhor, sem uma tripulação para manobrá-lo?

E eu não soube como responder.

Bem... isso acabou sendo feito cerca de quarenta horas depois. Graças ao poder de exorcista da horrível risada do sr. Burns, o espectro malicioso tinha sido esconjurado, o feitiço, quebrado, a maldição, removida. Estávamos agora nas mãos de uma bondosa e energética Providência. Ela nos impelia...

Nunca me esquecerei da última noite, escura, ventosa e estrelada. Eu governava o navio. O sr. Burns, depois de ter obtido de mim uma promessa solene de chamá-lo se alguma coisa acontecesse, foi sem rodeios dormir no convés, junto da bitácula. Convalescentes precisam de sono. Ransome, com as costas apoiadas contra o mastro da mezena e um cobertor sobre as pernas, mantinha-se perfeitamente imóvel, mas não acredito que tenha pregado os olhos sequer por um minuto. Aquela personificação da alegria, o Frenchy, ainda sob a ilusão de que lhe sobrava "um pouco de energia", tinha insistido em se unir a nós; mas, atento à disciplina, tinha se deitado o mais à frente que pôde, na parte dianteira da popa, junto à prateleira dos baldes.

E eu manobrava, cansado demais para me sentir ansioso, cansado demais para pensamentos articulados. Tinha momentos de sombrio júbilo e depois meu coração afundava horrivelmente à lembrança daquele castelo de proa no outro extremo do convés escuro, cheio de homens derrubados pela febre — alguns deles morrendo. Por minha culpa. Mas não importava. O remoso tinha de esperar. Eu precisava navegar.

De madrugada a brisa amainou, depois cessou por completo. Às cinco horas, ela retornou, bastante suave, permitindo-nos rumar para o ancoradouro. O raiar do dia encontrou o sr. Burns sentado, apoiado em rolos de corda no gradil da popa, e, das profundezas de seu sobretudo, governando o navio com mãos muito brancas e ossudas. Ransome e eu corríamos pelos conveses soltando todas as escotas e adriças. Em seguida, fomos para o castelo de proa. A perspiração da labuta e do puro nervosismo simplesmente escorria de nossa cabeça enquanto pelejávamos para deixar as âncoras na posição correta. Eu não ousava olhar para Ransome enquanto trabalhávamos lado a lado. Trocávamos palavras breves. Podia ouvi-lo ofegando junto a mim e evitava virar os olhos na sua direção por medo de vê-lo cair e expirar no ato de exercer sua força — para quê? De fato, por algum ideal distinto.

O marujo consumado que havia nele foi despertado. Não precisava de nenhuma orientação. Sabia o que fazer. Cada esforço, cada movimento era um ato de sólido heroísmo. Não era para mim observar um homem tão inspirado.

Finalmente tudo estava pronto e eu o ouvi dizer:

— Não seria melhor eu descer e abrir os compressores, senhor?

— Sim. Faça isso — respondi.

E mesmo então não olhei na sua direção. Passado algum tempo, sua voz subiu do convés principal.

— Quando quiser, senhor. Tudo em ordem com o molinete aqui.

Fiz um sinal para o sr. Burns baixar o leme e deixei ambas as âncoras irem uma depois da outra, deixando o navio deitar tanta amarra quanto quisesse. Ele tomou a melhor parte de ambas antes de parar. Quando aproamos ao vento, as velas soltas pararam com seu barulho enlouquecedor acima da minha cabeça. Uma quietude perfeita reinou no navio. E enquanto eu me mantive inclinado sentindo-me um pouco zonzo nessa súbita paz, ouvi um ou dois gemidos fracos e os murmúrios incoerentes dos doentes no castelo de proa.

Como tínhamos uma bandeira pedindo assistência médica hasteada no mastro da mezena, é um fato que antes que o navio tivesse podido parar três lanchas a vapor de várias fragatas estavam à margem; e pelo menos cinco cirurgiões navais tinham subido a bordo. Eles permaneceram num grupo olhando para cima e para baixo do convés principal vazio, depois olharam para o alto — onde nenhum homem podia ser visto tampouco.

Fui em direção a eles — uma figura solitária, num pijama listrado azul e cinza e um chapéu de cortiça na cabeça. A repulsa deles foi extrema. Tinham esperado casos cirúrgicos. Cada um trouxera seus bisturis consigo. Mas logo superaram seu pequeno desapontamento. Em menos de cinco minutos uma das lanchas a vapor estava correndo em direção à margem para chamar um barco grande e algum pessoal hospitalar para a remoção da tripulação. O grande bote a vapor foi ao seu navio para trazer alguns marinheiros para enrolar minhas velas para mim.

Um dos cirurgiões permanecera a bordo. Ele saiu do castelo de proa parecendo impenetrável, e percebeu meu olhar inquiridor.

— Não há ninguém morto ali dentro, se é o que você quer saber — ele disse pausadamente. Depois acrescentou num tom de espanto: — Toda a tripulação!

— E muito mal?

— E muito mal — ele repetiu. Seus olhos vagavam por todo o navio. — Céus! O que é aquilo?

— Aquilo — eu disse, olhando para a popa — é o sr. Burns, meu imediato.

O sr. Burns, com sua cabeça moribunda assentindo sobre o fino caule de seu pescoço magro, era uma visão para suscitar uma exclamação de qualquer um. O cirurgião perguntou:

— Ele está indo para o hospital também?

— Oh, não — eu disse jocosamente. — O sr. Burns não pode ir a terra até que o mastro grande vá. Estou muito orgulhoso dele. É o meu único convalescente.

— O senhor parece... — começou o médico, olhando para mim. Mas eu interrompi com irritação:

— Não estou doente.

— Não... O senhor parece estranho.

— Bem, o senhor entende, passei dezessete dias no convés.

— Dezessete!... Mas o senhor deve ter dormido.

— Suponho que tenha. Não sei. Mas tenho certeza de que não dormi nas últimas quarenta horas.

— Ora! O senhor vai desembarcar em seguida, eu suponho?

— Assim que puder. Tenho mil negócios à minha espera.

O cirurgião soltou minha mão, que tinha segurado enquanto conversávamos, puxou sua agenda, escreveu nela rapidamente, arrancou a página e ofereceu-a a mim.

— Aconselho-o fortemente a mandar aviar esta receita para o senhor em terra. A menos que eu esteja muito enganado, vai precisar dela esta noite.

— Do que se trata, então? — perguntei desconfiado.

— Uma poção para dormir — respondeu o cirurgião secamente; e movendo-se com uma expressão de interesse em direção ao sr. Burns, entabulou uma conversa com ele.

Quando desci para me vestir antes de ir à terra, Ransome me seguiu. Pediu-me perdão; desejava também ser mandado para a terra e receber seu soldo.

Olhei para ele surpreso. Estava esperando minha resposta com um ar de ansiedade.

— Você não pretende deixar o navio! — exclamei.

— Realmente pretendo, senhor. Quero ir embora e ficar quieto em algum lugar. Qualquer lugar. Pode ser até no hospital.

— Mas, Ransome, eu detesto da ideia de me separar de você.

— Mas tenho de ir — ele me interrompeu. — Tenho o direito! — Ele ofegou e um olhar de determinação quase selvagem passou por seu rosto. Por um instante ele foi um outro ser. E eu vi só o valor e a beleza do homem, a humilde realidade das coisas. A vida era uma dádiva para ele — essa vida precária e dura, e ele estava profundamente alarmado com a própria situação.

— Claro que pagarei o que lhe é devido se você deseja — apressei-me em dizer. — Mas devo lhe pedir para permanecer a bordo até esta noite. Não posso deixar o sr. Burns absolutamente sozinho no navio durante horas.

Ele amoleceu de imediato e me assegurou com um sorriso e em sua agradável voz natural que compreendia muito bem.

Quando retornei ao convés tudo estava pronto para a remoção dos homens. Era a última provação desse episódio que estivera amadurecendo e temperando meu caráter — embora eu não o soubesse.

Foi horrível. Eles passaram sob meus olhos, um depois do outro — cada um deles uma reprovação corporificada do tipo mais amargurado, até que senti uma espécie de revolta acordar em mim. O pobre Frenchy tinha adoecido de repente. Foi carregado pela minha frente inconsciente, seu rosto cômico horrivelmente avermelhado e como que inchado, respirando em estertores. Estava mais parecido com Mr. Punch do que nunca, um Mr. Punch desgraçadamente bêbado.

O austero Gambril, ao contrário, melhorara temporariamente. Ele insistiu em caminhar sobre seus próprios pés até a amurada — é claro que com assistência de cada lado dele. Mas cedeu a um súbito pânico no momento de ser içado sobre o lado e começou a se lamuriar:

— Não permita que eles me derrubem, senhor! Não permita que eles me derrubem! — Enquanto eu continuava a lhe gritar com as entonações mais apaziguantes:

— Tudo bem, Gambril. Eles não vão! Eles não vão!

Era sem dúvida muito ridículo. Os marinheiros da Marinha de Guerra em nosso convés riam em silêncio, enquanto até o próprio Ransome (muito solícito em dar uma mão) teve de alargar seu sorriso tristonho por um momento fugaz.

Parti rumo à costa na pinaça a vapor, e, olhando para trás, contemplei o sr. Burns realmente de pé junto ao balaústre de popa, ainda em seu enorme sobretudo de lã. A luminosa luz do sol realçava sua estranheza de maneira espantosa. Ele parecia um amedrontado e rebuscado espantalho postos na popa de um navio moribundo para manter as aves marinhas longe dos cadáveres.

Nossa história já circulava pela cidade e todos em terra foram muito amáveis. A Capitania dos Portos isentou-me das taxas portuárias, e, como a tripulação de um naufrágio estava hospedada na Casa, não tive dificuldade em obter tantos homens quanto precisava. Mas, quando perguntei se podia ver o capitão Ellis por um momento, responderam-me num tom piedoso pela minha ignorância que nosso Netuno interino se aposentara cerca de três semanas depois que deixei o porto. De modo que suponho que minha nomeação foi o último ato, afora a rotina diária, de sua vida oficial.

É estranho como ao chegar em terra eu tenha ficado impressionado com os passos elásticos, os olhos vivos, a vitalidade vigorosa de todas as pessoas que encontrava. Isso me impressionou enormemente. E entre os que encontrei estava o capitão Giles, é claro. Teria sido muito extraordinário se não o tivesse encontrado. Um passeio prolongado pela parte comercial da cidade era a ocupação regular de todas as suas manhãs quando ele estava em terra.

Flagrei de longe o brilho da corrente de ouro cruzada sobre o seu peito. Ele irradiava benevolência.

— Que história é essa que andam contando? — ele indagou com um sorriso de "tio bondoso", depois de trocarmos um aperto de mãos. — Vinte e um dias para voltar de Bangkok?

— Foi só isso que o senhor ouviu? — quis saber. — Deve vir almoçar comigo. Quero que saiba exatamente em que situação me meteu.

Ele hesitou por quase um minuto.

— Bem... irei — disse, por fim, com condescendência.

Dobramos em direção ao hotel. Descobri para minha surpresa que podia comer muito. Depois, sobre a toalha de mesa limpa, expus para o capitão Giles a história desses vinte dias em todos os seus aspectos profissionais e emocionais, enquanto ele fumava pacientemente o grande charuto que eu lhe dera.

Então, ele observou judiciosamente:

— Você deve estar se sentindo exausto a esta altura.

— Não — eu disse. — Não cansado. Mas vou lhe dizer, capitão Giles, como me sinto. Sinto-me velho. E devo estar. Todos vocês em terra parecem-me simplesmente um bando de jovens irrequietos que nunca tiveram uma preocupação no mundo.

Ele não sorriu. Pareceu insuportavelmente exemplar. Declarou:

— Isso vai passar. Mas você de fato parece mais velho; é um fato.

— A-ha! — eu disse.

— Não! Não! A verdade é que não devemos levar nada na vida a sério demais, bom ou mau.

— Viver em velocidade moderada — murmurei com alguma maldade. — Nem todo mundo consegue.

— Você será feliz o suficiente em breve se conseguir avançar, mesmo nesse ritmo — ele retrucou com seu ar de virtude consciente. — E há mais uma coisa: um homem deve encarar sua má sorte, seus erros, sua consciência e todas essas coisas. Ora, contra o que mais você teria de lutar?

Continuei em silêncio. Não sei o que ele viu em meu rosto, mas perguntou abruptamente:

— Ah... não me diga que você é medroso.

— Só Deus sabe, capitão Giles. — Foi minha resposta sincera.

— Não tem problema — disse ele calmamente. — Logo você aprenderá a não ser medroso. Um homem tem que aprender tudo... e é isso que tantos jovens não entendem.

— Bem, não sou mais um jovem.

— Não — ele admitiu. — Você vai partir em breve?

— Subirei a bordo imediatamente — eu disse. — Vou suspender uma das minhas âncoras e suspender metade da amarra da outra assim que minha nova tripulação embarcar e terei partido ao raiar do dia amanhã!

— Fará isso — grunhiu o capitão Giles, aprovando —, e é assim mesmo. É assim que se faz.

— O que o senhor pensava? Que eu iria querer tirar uma semana em terra para um descanso? — eu disse, irritado pelo seu tom. — Não há descanso para mim até que o navio esteja no oceano Índico, e mesmo então não haverá muito.

Ele tirou uma baforada de seu charuto de mau humor, como que transformado.

— Sim. É a isso que tudo equivale — disse ele meditativo. Foi como se uma pesada cortina tivesse subido para revelar um inesperado capitão Giles. Mas foi apenas por um momento, só o tempo de deixá-lo acrescentar: —Há mesmo muito pouco repouso na vida para qualquer um. É melhor não pensar nisso.

Levantamo-nos, saímos do hotel e nos separamos na rua com um caloroso aperto de mão, justamente quando ele começava a me interessar pela primeira vez em nosso relacionamento.

A primeira coisa que vi quando voltei ao navio foi Ransome no tombadilho superior, sentado calmamente em sua caixa de mar bem amarrado.

Fiz sinal para que me seguisse até a sala de jantar, onde me sentei para escrever uma carta de recomendação para ele dirigida a um homem que eu conhecia em terra.

Quando terminei, empurrei-a através da mesa.

— Ela pode lhe ser de alguma utilidade quando você deixar o hospital.

Ele a pegou e guardou-a no bolso. Seus olhos olhavam para longe de mim — para lugar nenhum. Seu rosto tinha uma expressão ansiosa.

— Como está se sentindo agora? — perguntei.

— Não me sinto mal agora, senhor — ele respondeu firmemente. — Mas tenho medo de piorar... — O sorriso melancólico voltou aos seus lábios por um momento. — Eu... eu estou muito assustado com o meu coração, senhor.

Aproximei-me dele com a mão estendida. Seus olhos, que não olhavam para mim, tinham uma expressão tensa. Ele era como um homem que está ouvindo um chamado de alerta.

— Não vai me dar um aperto de mão, Ransome? — perguntei gentilmente.

Ele exclamou, ficou rubro, deu em minha mão um forte puxão — e no momento seguinte, deixado a sós na cabine, eu o ouvi subindo os degraus da gaiuta cautelosamente, um por um, com um medo mortal de despertar para uma súbita raiva nosso inimigo comum que era seu duro destino carregar conscientemente em seu peito leal.

SOBRE O AUTOR

Joseph Conrad nasceu em 1867, na Ucrânia. Aos 11 anos, ficou órfão e, aos 21 anos, juntou-se a um navio britânico como aprendiz. Ficou na Marinha por duas décadas, o que permitiu que conhecesse diversos países. Essa experiência serviu de matéria-prima para sua produção literária, além de ter lhe rendido a cidadania britânica em 1886.

Em 1894, Conrad havia alcançado a posição de capitão, porém decidiu abandonar o mar para focar na publicação do seu primeiro romance, *A loucura de Almayer* (1895), ao qual ele havia se dedicado por seis longos anos. Ainda quando criança, via o pai traduzir Shakespeare, mas só depois de adulto aprendeu a língua inglesa. E foi nesse idioma que Conrad escreveu sua prolífica obra, que abarca romances, novelas, ensaios e livros de memórias. Entre seus livros mais conhecidos, destacam-se *O coração das trevas* (1899), *Lord Jim* (1900) e *A linha de sombra* (1917). O escritor faleceu em 1924, na Inglaterra.

DIREÇÃO EDITORIAL
Daniele Cajueiro

EDITORA RESPONSÁVEL
Ana Carla Sousa

PRODUÇÃO EDITORIAL
Adriana Torres
Laiane Flores
Macondo Casa Editorial

REVISÃO DE TRADUÇÃO
Luciana Figueiredo

REVISÃO
Carolina Rodrigues

CAPA
Victor Burton

**PROJETO GRÁFICO DE MIOLO
E DIAGRAMAÇÃO**
Henrique Diniz

Este livro foi impresso na China, pela Imago,
em 2023, para a Nova Fronteira.